ars vivendi

Rafik Schami
Root Leeb

Die Farbe der Worte

Bilder und Geschichten

ars vivendi

Inhalt

7 Loblied
8 Quo vadis?
11 Vaters Radio
15 Andere Sitten
17 Neutrum
19 Preisempfehlung
20 Der fliegende Baum
23 Warum ich kein Architekt wurde
27 Der Wald und das Streichholz
28 Zauberformeln
31 Großvaters Brille
33 Das zukünftige Buch
35 Wie das Echo auf die Erde kam
38 Chor
41 Gebet eines einsamen Fischers
43 Der Handel
47 Als Gott noch Großmutter war
48 Herbststimmung
50 Joker
53 Kreuzigung
56 Der Kinderrichter
59 Lebenswege
62 Der Mensch
65 Das letzte Wort des Nikolaus
68 Saids Rad
70 Vom langsamen Sadik und vom schnellen Ruf
72 Großvaters Salz
75 Das Scheu
79 Schlange stehen
83 Das Tunk
85 Fotografie der Träume
86 Paradies oder Lachen, das ist die Frage
88 Die Teufelstöchter wussten Bescheid
91 Wie Vater endgültig unpolitisch wurde
94 Modern Times
96 Die besseren Doppelgänger
98 Das negative Gewicht
102 Liebesübungen
106 Die heilige Maria sagt nie Nein
109 Der Besuch
112 Starke Nerven
115 Fremd, lebenslänglich
118 Der einäugige Esel
121 Die zweite Abnabelung
125 Ein Kaufhaus – kein Basar
128 Und die Grille singt weiter
130 Baladi
132 Eine Frage ist ein Kind der Freiheit
134 Vom Überlisten
136 Mein Bettlerfreund – ein Baum
138 Der geborene Straßenkehrer
141 König der Herrlichkeit
144 Meine Oma im Kaffeehaus
147 Die Geburt – eine Weihnachtsgeschichte
151 Der Kastanienbaum
155 Das Herz war es
157 Traumhaft
158 Das Eisschiff
162 Der Tintenklecks

Loblied

Siedend heiß fiel mir heute Mittag ein, dass noch kein Dichter, kein Essayist, kein Philosoph dem Bürokraten ein Loblied gewidmet hat. Welch ein Versäumnis! Bürokraten, dieses unverwüstliche Geschlecht einer Herrscherdynastie, das seit Jahrtausenden ohne großes Getöse herrscht. Könige wurden gestürzt. Der Bürokrat blieb. Revolutionäre jagten ihn mit Pauken und Trompeten zum Teufel. Der Bürokrat blieb ruhig, die jahrtausendelange Erfahrung war seine Sicherheit. Er machte so lange Urlaub beim Teufel, bis der Revolutionär auf allen vieren zu ihm kam und ihn leise bat, wieder zurückzukehren. Was sind die Herrscher aller Zeiten für lächerliche Zwerge im Vergleich zu dem einzig ewigen Herrscher: dem Bürokraten.

Er ist leise und laut, höflich und grob, eifrig und träge, perfekt und nachlässig, rational und irrational – immer das, was seine Macht erhält. Und ich wette, wenn unsere Erde ihr atomares Ende nimmt, werden die Kakerlaken und die Bürokraten überleben. Die Kakerlaken wegen ihres Chitinpanzers – und die Bürokraten, weil ja irgendeiner dem Leben der Kakerlaken einen Sinn geben muss.

Quo vadis?

Hundertzweiunddreißig Schüler besetzten mehrere Reihen des größten Kinos von Damaskus. Wir durften den Film zu ermäßigtem Preis sehen. So war es kein Wunder, dass sogar mein Vater, der zeit seines Lebens die Filmkunst verachtete und nie ein Kino betrat, mir erlaubt hatte hinzugehen. Der Lehrer hatte ihm gesagt, der Film festige den christlichen Glauben. Einzige Bedingung war, dass ich meinem Vater abends alles über den Film erzählen sollte, denn Geschichten zu hören und dabei Tee zu trinken, das kam meinem Vater einem Vorhof zum Paradies gleich.

Doch als ich ihm später davon berichtete, belog ich ihn. Nicht aus Angst, sondern um seine Laune und seine Nerven zu schonen. Ich kürzte beim Erzählen automatisch, so, wie Erwachsene ihre Geschichten zensieren, wenn plötzlich ein Kind den Raum betritt.

Mein Vater nahm genüsslich schlürfend den ersten Schluck Tee, schaute mich erwartungsvoll an und sagte: »Erzähl nun von Tock-tock-tock bis Auf Wiedersehen.« Das verlangte er immer, wenn er einen genauen Bericht hören wollte. Doch ich konnte ihm beim besten Willen nicht von der Vorschau erzählen, in der angekündigt wurde, was in diesem Theater bald gezeigt werden sollte: ein Western, in dem Indianer wie wilde Tiere zusammengeschossen wurden. Mein Vater hätte Zustände bekommen. Er verehrte die indianische Kultur, und wenn der Name »Kolumbus« fiel, bekreuzigte er sich einmal und spuckte dreimal auf den Teufel.

Und wie sollte ich ihm erst von dem berichten, was demnächst im Kino gezeigt werden sollte: Humphrey Bogart in einer seiner düstersten Rollen. Aber selbst wenn mein Vater Nerven aus Stahl gehabt und sowohl die Indianermassaker als auch »Casablanca« ertragen hätte, so wäre das, was im Kino als Sensation der nächsten Woche angekündigt wurde, endgültig Grund genug für meinen Vater gewesen, mich hinauszuschicken und seinen Tee schlecht gelaunt alleine zu Ende zu trinken: ein Liebesfilm, in dem pomadisierte Männer mit schmalzigen Worten Frauen, die ausnahmslos mit unfreundlichen Ehemännern verheiratet waren, den Hof machten.

Ich erzählte meinem Vater also lieber nur vom aktuellen Hauptfilm: wie sehr die ersten Christen im Untergrund leiden mussten. Von den Katakomben sprach ich und von Nero, den Peter Ustinov göttlich spielte, vom Brand der Ewigen Stadt und immer wieder vom Leid der Christen. Mein Vater vergaß zeitweise seinen Tee, und ihm kamen Tränen der Rührung. Ich berichtete ihm aber nicht, dass wir am Ende des Filmes in eine heftige Schlägerei mit muslimischen Kindern verwickelt worden waren. Sie saßen in den beiden Reihen vor uns und waren mit ihrem Lehrer gekommen, um das Christentum kennenzulernen. Als die Lichter wieder angingen, fiel einem der Jungen nichts Besseres ein, als seinen Kameraden zuzurufen: »Kommt, wir probieren einmal aus, ob das gute Christen sind.«

Er ohrfeigte Gabriel, meinen Schulkameraden, und rief ihm dabei naiv, fast unschuldig zu: »Und jetzt musst du mir die linke Wange bieten.«

Gabriel stutzte erst, dann aber packte er den schmächtigen Jungen, hob ihn hoch und schleuderte ihn über die Köpfe der Zuschauer hinweg drei Reihen weit. Ein Tumult brach aus. Die Lehrer waren verzweifelt und schämten sich ihrer Schüler. Und ich verriet meinem Vater kein Wort davon.

Am darauffolgenden Samstag musste ich in der Kirche beichten.

»Ich habe gelogen«, gab ich kniend zu.

»Warum hast du das getan, mein Sohn? War es aus Gier, aus Angst vor Strafe oder, um dir einen Vorteil zu verschaffen?«

»Es war aus humanitären Gründen«, erwiderte ich, woraufhin erst einmal absolute Stille herrschte. Dann gab mir der Geistliche ein Bußgebet und dreimal das Vaterunser auf, auf dass meine Seele von der Sünde der Lüge befreit werde. Und noch heute bin ich mir sicher, dass er damals nichts verstanden hat.

Vaters Radio

Schon früh besaß mein Vater ein Radio. Obschon wir kaum gute Stühle für Gäste hatten und aus einer einzigen Schüssel aßen, kaufte er für viel Geld das beste Radio im christlichen Viertel. Es war ein großer Holzkasten mit einem grünen magischen Auge vorne und einer bunten Glasscheibe, auf der geheimnisvolle Namen von fernen Städten zu lesen waren. Da buchstabierte ich zum ersten Mal »Paris«, »London«, »Marrakesch« und andere magische Orte.

Als das Radio eines Tages plötzlich schwieg, brachte mein Vater es zur Reparatur, und als er zurückkam, fluchte er auf den Halsabschneider, der eine »Lampe« gewechselt und dafür so viel Geld verlangt hatte, wie Vater in zwei Tagen nicht verdiente. Die »Lampen« waren damals große, sogenannte Trioden, die eine Weile brauchten, bis sie warm wurden und das Radio in Gang brachten. Vater hatte den Mann genau beobachtet und war deshalb umso verbitterter: »Lampe raus, Lampe rein. Das war alles!«, sagte er zu uns. Beim nächsten Mal würde er das Radio selbst reparieren.

Das ließ auch nicht lange auf sich warten. Zwei Wochen später verstummte das Radio erneut. Vater schraubte die Rückenverkleidung ab, ortete eine Triode, die nicht warm wurde, und nahm sie heraus. Und ich erinnere mich genau daran, dass er während der ganzen Operation zärtlich auf das Radio einredete, als wäre es ein krankes Kind. Vater eilte zum Markt und kehrte bald zurück. Vor den erstaunten Nachbarn steckte er die neue Triode in die dafür bestimmten Löcher und sprach beschwichtigend auf das Radio ein: »Das haben wir gleich, mein Kleiner, gedulde dich ein bisschen.« Er atmete erleichtert auf, als das Radio wieder laut und klar Töne von sich gab. Vater hatte nicht einmal ein Fünftel der Reparaturkosten bezahlt, und wir waren stolz auf ihn, denn die alten Nachbarn standen stumm auf unserer Terrasse und schauten meinem Vater zu, der ohne Furcht seinen Arm in den Bauch des Teufelsapparates steckte und ihn lächelnd wieder zum Sprechen brachte. Ich erinnere mich heute noch genau daran, dass Tante Viktoria immer wieder leise »Heiliges Kreuz Jesu Christi« flüsterte und besorgt auf Vaters Arm schaute, als erwartete sie, dass er bald leuchten oder von diesem Ungetüm abgebissen werden würde.

Übermütig, und um den Nachbarn noch mehr Kunststücke vorzuführen, nahm Vater mehrere Trioden heraus und polierte sie. »Dann wird die Stimme klarer«, sagte er und zeigte uns den dunklen Schmutzfleck auf dem weißen Geschirrtuch, und das Radio sang wieder. Nachdem er alles zusammenmontiert hatte, blieben aber zwei Schräubchen und eine Schraubenmutter übrig, und Vater schüttelte verwundert den Kopf. Die Schrauben waren jedoch wie dafür geschaffen, zwei ewig wackelnden Dingen in unserem Haus festen Halt zu geben: dem Griff der Bratpfanne und der Türklinke.

Bei der nächsten Reparatur, einen Monat später, blieben ein Röhrchen aus Kunststoff und ein Stück Draht übrig. Das Radio sang wieder, und wir bewunderten Vater sehr, denn das Röhrchen isolierte von da an das Kabel des Bügeleisens. Das Stück Draht konnte unser Nachbar Ismail gebrauchen, und er bedankte sich überschwänglich bei meinem Vater, denn genau so ein Stück Kupferdraht hatte er lange für seine elektrische Türklingel gesucht.

In einem halben Jahr gingen über sechs Trioden zugrunde. Vater reparierte die Schäden. Unser Radio sang, sprach Nachrichten und war zugleich Lieferant von Schrauben, Drähten und skurrilen Metallstückchen.

Plötzlich aber, an einem heißen Tag, schwieg das Radio und wollte nicht einmal sein grünes Auge aufschlagen. Vater schlug mit der Faust nur einmal kräftig auf den Kasten. »Was fehlt dir, du Hurensohn? Du lebst wie ein Sultan bei mir«, fluchte er.

Das Radio öffnete sein magisches Auge, sprach und sang etwas stotternd und dann mit voller Kraft. »Wenn man einer Ratte nur Kuchen gibt, wird sie krank«, philosophierte Vater, »man muss ihr nur ab und zu Dreck zum Fraß vorwerfen, dann wird sie gesund.«

Und ob man es glaubt oder nicht, das Radio wurde von nun an nicht mehr repariert. Ab und zu sehnte sich seine Rattenseele offensichtlich nach Flüchen und Fausthieben.

Andere Sitten

In Damaskus fühlt sich jeder Gastgeber beleidigt, wenn seine Gäste etwas zu essen mitbringen. Und kein Araber käme auf die Idee, selbst zu kochen oder zu backen, wenn er bei jemandem eingeladen ist. Die Deutschen sind anders. Wenn man sie einlädt, bringen sie stets etwas mit: Eingekochtes vielleicht oder Eingelegtes, manchmal auch selbst gebackenen Kuchen und in der Regel Nudelsalat. Warum Nudelsalat, mit Erbsen und Würstchen und Mayonnaise? Auch nach zweiundzwanzig Jahren in Deutschland finde ich ihn noch schrecklich.

In Damaskus hungert ein Gast am Tag der Einladung, weil er weiß, dass ihm eine Prüfung bevorsteht. Er kann nicht einfach nur behaupten, dass er das Essen gut findet, er muss es beweisen, das heißt eine Unmenge davon verdrücken. Das grenzt oft an Körperverletzung, denn keine Ausrede hilft. Gegen die Argumente schüchterner, satter oder auch magenkranker Gäste halten Araber immer entwaffnende, in Reime gefasste Erpressungen bereit.

Deutsche einzuladen ist angenehm. Sie kommen pünktlich, essen wenig und fragen neugierig nach dem Rezept. Ein guter arabischer Koch kann aber die Entstehung eines Gerichts, das er gezaubert hat, gar nicht knapp und verständlich beschreiben. Er fängt bei seiner Großmutter an und endet bei lauter Gewürzen, die kein Mensch kennt, weil sie nur in seinem Dorf wachsen und ihre Namen für keinen Botaniker ins Deutsche zu übersetzen sind. Die Kochzeit folgt Gewohnheiten aus dem Mittelalter, als man noch keine Armbanduhr hatte und die Stunden genüsslich vergeudete. Ein unscheinbarer Brei braucht nicht selten zwei Tage Vorbereitung, und das unbeeindruckt von aller modernen Hektik.

Deutsche Gäste kommen nicht nur pünktlich, sie sind auch präzise in ihren Angaben. Wenn sie sagen, sie kommen zu fünft, dann kommen sie zu fünft. Und sollten sie wirklich einmal einen sechsten Gast mitbringen wollen, telefonieren sie vorher stundenlang mit dem Gastgeber, entschuldigen sich dafür und loben dabei die zusätzliche Person als einen Engel der guten Laune und des gediegenen Geschmacks.

So großartig Araber als Gastgeber sind, als Gäste sind sie dagegen furchtbar. Sie sagen, sie kommen zu dritt um zwölf Uhr zum Mittagessen. Um sieben Uhr abends treffen sie dann ein. Und vor Begeisterung über die Einladung bringen sie Nachbarn, Cousins, Tanten und Schwiegersöhne mit. Aber das bleibt ihr Geheimnis, bis sie vor der Tür stehen. Sie wollen dem Gastgeber doch eine besondere Überraschung bereiten. Einmal zählten wir in Damaskus eine Prozession von neunundzwanzig Menschen vor unserer Tür, als meine Mutter ihre Schwester eingeladen hatte, um mit ihr nach dem Essen einmal in Ruhe zu reden.

Ein leichtfertiges arabisches Sprichwort sagt: Wer vierzig Tage mit Leuten zusammenlebt, wird einer von ihnen. Seit über zweiundzwanzig Jahren lebe ich inzwischen mit den Deutschen zusammen, und ich bemerke Veränderungen an mir. Aber die Mitbringsel der Gäste? Wein kann ich inzwischen annehmen, aber Nudelsalat – niemals.

Neutrum

Das Neutrum der deutschen Sprache kann ich auch heute, nach über zweiundzwanzig Jahren in Deutschland, noch nicht leiden. Die arabische Sprache kennt kein Neutrum.

Ein Fremder, der die deutsche Sprache liebt, schließt Frieden mit den Konjunktiven und meinetwegen auch mit den Vorsilben, selbst wenn manche schwer zu verdauen sind. Aber mit dem Neutrum ist nicht einmal ein Waffenstillstand möglich. Ein Neutrum, mit dem der ausländische Mensch in seiner Kindheit und Jugend nie zu tun gehabt hat, ist nichts anderes als eine heimtückische Falle. Etwas Müdigkeit, etwas Trauer oder Wein, Wut oder Begeisterung, und schon sagst du: »Der Oberhaupt der Familie begrüßte mich.« Dein Gesprächspartner lächelt, wenn du Glück hast, dezent, so dezent, dass du merkst, du hast einen Fehler gemacht. Dein geübtes Ausländerdasein lässt dich den Missetäter sofort erkennen. Oberhaupt, ja. Dann flüsterst du etwas verwundert: »Sagt man die Oberhaupt?« Wieder daneben. »Nein, das Oberhaupt.«

Das deutsche Neutrum ist aber nicht neutral. Im Akkusativ hält es noch die Fahne seiner dubiosen Neutralität hoch, taucht jedoch der Dativ auf, so legt das Neutrum sich auf die männliche Seite. Es heißt: Ich überreichte ihm das Geschenk. Ich sehe aber eine junge Frau vor mir. Die Deutschen nennen sie das Mädchen! Und daher muss ich im Dativ von ihr wie von einem Mann sprechen. Das macht das Neutrum so katastrophal.

Manche schlauen Ausländer entwickeln Techniken, um die sprachliche Polizeikontrolle zu überlisten. Ein beliebter Trick ist es, die unsicheren Artikel leiser auszusprechen als die anderen. Eine zweite Möglichkeit ist, eine Mischform zwischen der, die und das sehr schnell zu sprechen. Es hört sich an wie: d'Oberhaupt. Kein Mensch merkt die Mogelei. Der dritte Ausweg besteht darin, alles in den Plural zu setzen. Das ist eine todsichere Sache: die Oberhäupter, die Gespräche, die Komitees. Doch die übereilte Erleichterung führt unversehens zu Peinlichkeiten, wenn man dauernd in Betten schläft und in vielen Gehirnen seine Ideen hat.

Preisempfehlung

Für fast alle Künste gibt es inzwischen Preise. Doch eben nur fast. Einige seltene Künste kommen trotzdem zu kurz. Niemand beachtet sie. Ich empfehle hiermit verbindlich die Stiftung eines Preises für die missachtete Kunst des Zuhörens. Ein seidenes Ohr für den sensibelsten Zuhörer, ein samtenes Ohr für Platz zwei und ein ledernes Ohr für den dritten.

Die Bedeutung dieser Kunst liegt auf der Hand und bedarf keiner langen Begründung. Was wären Eltern, Kirchen, Parteien, was wären Schulen und Radios, Sänger und Predigerinnen aller Art, was wären Mann und Frau, was wären flüsternde Liebende ohne das Zuhören des anderen? Nichts!

Wie aber misst man, wer am besten zuhört? Wenn das akustische Angebot gut ist, wird die Prüfung schwierig. Das Vermögen zuzuhören erscheint umso deutlicher, je unerträglicher das Material wird, das man den Ohren vorsetzt. Also ließe sich beispielsweise in Haushalten, die sich für den Preis bewerben, einfach ein Tonband aufstellen, das alle Gespräche des Tages aufzeichnet. Das Familienmitglied, das am Abend die meisten Äußerungen der anderen noch sinngemäß wiedergeben kann, wäre des seidenen Ohrs durchaus würdig.

Oder wenn der Andrang der Bewerber zu groß wird, soll ein besonders inhaltsarmer, doch weitschweifiger Text von höchstem Anspruch, aber sprödester Bildlosigkeit zwei Stunden lang in einem sterilen grauen Raum monoton vorgetragen werden. Wer kein einziges Mal dabei gähnt, bis zum Ende wach bleibt und dann den Text möglichst umfassend in all seinen geistigen Ebenen wiederzugeben imstande ist, hat ein prächtiges Ohr in Seide verdient.

Ich wette, die drei Gewinner werden Frauen sein. Warum? Das ist eine andere Geschichte.

Der fliegende Baum

Auf einem kleinen Feld lebten einst ein alter, knorriger Apfelbaum und ein junger, hochgewachsener Aprikosenbaum. Sie hatten genug Platz zum Leben und standen so weit auseinander, dass keiner im Schatten des anderen leben musste.

Von Jahr zu Jahr brachte der Aprikosenbaum immer mehr Blüten hervor, und der alte Apfelbaum regte sich über seinen Nachbarn auf. »Du trägst viel zu viele Blüten. Die Bienen haben kaum noch Zeit, die meinen zu befruchten.«

»Ich bin nun mal fleißig«, antwortete der Aprikosenbaum stolz, »und die Bienen auch. Du bist alt und taugst höchstens noch für den Ofen.« Diese Zankereien hörten zum Ende des Frühlings hin auf, denn die emsigen Bienen hatten die Blüten beider Bäume bestäubt. Im Sommer strahlte dann der Apfelbaum. »Was für miese Früchte trägst denn du? Es sind viel zu viele, bei der kleinsten Windböe fallen sie dir herunter. Schau her, jeder Apfel ist ein Stern. Kein Wunder, dass der Bauer euch nur noch zu Marmelade zerquetscht. Ein jämmerlicher Marmeladenheini bist du!«, spottete der Apfelbaum und schaute stolz auf seine großen, rotbackigen Äpfel. »Wasserkopf! Aus dir wird ja nur ein geschmackloser Saft gepresst. Ein ganz billiger Saftladen bist du!«

Doch als der Herbst ins Land zog, redeten die Bäume immer weniger miteinander; denn ihre Früchte waren geerntet, und sie wussten nicht, worüber sie sich noch streiten sollten. Sie langweilten sich den ganzen Tag, bis der Winter den Herbst ablöste, dann fielen sie in tiefen Schlaf. Eines schönen Tages im Frühjahr jedoch drängte sich ein kleiner Baum aus dem Boden ans Licht der Welt. Als Erster bemerkte ihn der Apfelbaum. »Dieser Aprikosenschuft hat heimlich einen Kern in den Boden geschlagen, und bald wird der Bauer mich abholzen und nur noch Aprikosenbäume auf seinem Land beherbergen. Ich bin alt und trage von Jahr zu Jahr weniger. Der Bauer lässt nicht einen Apfel am Boden verkommen, sodass ich mich an keinem einzigen Sprössling erfreuen kann!«

»Guten Morgen!«, grüßte der kleine Baum fröhlich und erschreckte den Aprikosenbaum, der damit beschäftigt gewesen war, den Bienen den Hof zu machen. »Guten Morgen! Wer bist denn du?«, fragte dieser erstaunt zurück. Er dachte dabei im Stillen, der Apfelbaum wolle den Bauern auf seine alten Tage mit einem Spross verführen. »Iiich? Ein Baum!«

»Ja, gut, aber was für einer?«, fragten die beiden Alten im Chor. »Das weiß ich nicht. Genügt es nicht, ein Baum zu sein?«

»Nein, du musst etwas Bestimmtes werden! Schau, Aprikosen sind am fleißigsten. Gefallen sie dir nicht?«, sprach der Aprikosenbaum schmeichelnd.

»Ja, doch«, antwortete der junge Nachbar und bekam sogleich zwei zierliche Aprikosenblätter. »Lass dich, junger Freund, von dem Marmeladentrottel nicht einmachen. Äpfel sind das Schönste auf der Welt!« Der Apfelbaum sprach so überzeugend, dass der kleine Baum zwei Apfelblätter bekam. »So geht es nicht! Du musst dich entscheiden. Apfel oder Aprikose?«, erboste sich wieder der andere Nachbar. »Ich weiß es noch nicht! Ich brauche doch Zeit!«, wunderte

sich der junge Baum. »Armer Trottel!«, stöhnten die beiden Alten und kümmerten sich wieder um die Bienen. Der kleine Baum beobachtete die Sonne, und sie gefiel ihm, weil sie so rund und leuchtend war. Kurz vor ihrem Untergang bekam er ein rundes Blatt. Es wurde dunkel, aber der junge Baum war so aufgeregt, dass er nicht schlafen konnte. Es war seine erste Nacht. Die Sterne grüßten ihn, und alsbald erkannte er, dass kein Stern dem anderen glich, jeder hatte eine andere Geschichte. Der Mond verzauberte seinen Zuhörer mit Erzählungen, bis er in der Dämmerung in den Schlaf fiel. Am nächsten Morgen staunten die Nachbarn über die vielen neuen Blätter, einige sahen wie Sterne aus, und aus dem Wipfel ragte ein kleiner Stiel, der einen grünen Halbmond trug. »Das kann ja heiter werden«, spottete der Apfelbaum.

»Du Nichtsnutz, jeder Baum trägt nur eine Art von Blättern und kümmert sich um seine Früchte«, belehrte ihn der Aprikosenbaum. »Warum denn? Ist es nicht wunderbar, Sterne und Monde zu tragen?«

»Nein, wozu?«

»Sie erzählen doch die schönsten Geschichten!«

»Was nutzt einem Baum das schönste Märchen? Früchte musst du tragen.«

»Ich finde aber Geschichten sehr schön. Könnt ihr mir auch welche erzählen?«

»Das wird ja immer lustiger! Geschichten, sagst du?«

»Ja! Ihr seid doch alt genug, oder?«, fragte der junge Baum.

»Ich kann keine Geschichten erzählen. Ich kann dir aber die Wahrheit sagen«, stöhnte der Aprikosenbaum.

»Und was ist die Wahrheit?«

»Die Erde ist eine große Aprikose! Das ist die Wahrheit.«

»Er lügt«, unterbrach giftig der Apfelbaum. »Das ist ein Märchen. Die Wahrheit ist, die Erde ist ein runder Apfel.«

Über diesem Streit vergaßen die beiden Nachbarn den kleinen Baum. Eine Schwalbe jagte mit graziösem Flug eine Mücke. Plötzlich sah sie den prächtigen Baum. »Du siehst aber komisch aus. Was bist du denn für einer?«

»Ich weiß es noch nicht. Ich bin ein Baum, genügt das nicht?«

»Doch, doch! Ich finde dich toll«, rief die Schwalbe.

»Kannst du Geschichten erzählen?«

»Na, du bist vielleicht ein komischer Kerl! Aber warte, ich komme gleich mit einer Freundin zurück. Sie erzählt am besten von uns allen!«, und sie flog davon.

Nach kurzer Zeit kam sie mit einer anderen, älteren Schwalbe zurück. Schwalben sind die besten Märchenerzähler. Sie reisen um die ganze Welt und nisten unter den Dächern der Häuser und Ställe. Sie sehen und hören viel und können sich an alles erinnern. Die ältere Schwalbe erzählte dem jungen Baum lange über die bunte Welt, und als er am Schluss voller Bewunderung fragte, ob die Erde wie eine Schwalbe aussähe, fiel sie vor Heiterkeit fast von ihrem Zweig. Seitdem glaubte der junge Baum nicht mehr, dass die Erde wie ein Apfel oder wie eine Aprikose aussieht.

Warum ich kein Architekt wurde

Ein Architekt galt bei uns in Damaskus viel. In der Rangordnung der Berufe kam er unmittelbar nach dem Pfarrer und dem Lehrer. Die Fakultät war berühmt für ihre Strenge. Eine schwere Aufnahmeprüfung überraschte alle Träumer, doch ich war seit meiner Kindheit im Zeichenunterricht aufmerksam gewesen und habe zwei Sachen gut beherrscht: die Spiegelung von Objekten auf verschiedenen Ebenen und den Fluchtpunkt, den zauberhaften Erzeuger der Perspektive.

Man sieht ihn nicht, doch ist er in allem enthalten. Und genau dieser Punkt, der die Welt aller Bilder verändert, brach vielen Bewerbern das Genick. Ich aber bestand die Prüfung glänzend. Doch nur zu bald kam die böse Überraschung.

Die Architekturbücher waren unbezahlbar teuer. Und als hätte sich die Unibibliothek mit den Verlagen verschworen, durfte man zwar sämtliche Bücher aller anderen Fakultäten ausleihen, aber nicht die Architekturbücher – nichts, nicht einmal ein Manuskript, das das Wort »Architektur« enthielt!

Der Orient, sagte mir da ein Nachbar, habe nicht zufällig wenige gerade Straßen, dafür aber eine Menge verwinkelter Gassen, die auf Umwegen zum selben Ziel führen. Also suchte ich einen anderen Weg und fand auch bald die Rettung.

Arme Studenten, die das erste Jahr hinter sich gebracht hatten, verkauften ihre Bücher, um die des zweiten Jahres zu finanzieren. Leider boten sie diese nicht uns an, sondern Verleihern, und das wiederum waren schlaue Studenten, die davon lebten, dass arme Teufel sich die Architekturbücher nicht kaufen konnten und trotzdem studieren wollten. Sie stellten die Bücher gegen eine monatliche Gebühr zur Verfügung und lebten nicht schlecht davon.

Ich lieh die ersten zwei dicken Lehrbücher aus und zahlte dafür eine hohe, aber für mich immer noch erschwingliche Summe. Der Verleiher war ein kleiner, verbissener Typ.

»Was blätterst du denn so brutal? Das ist ein Buch aus Papier und nicht aus Stahl. Nimm es zärtlich in die Hand«, meckerte er bereits bei der Übergabe.

Ich musste in der Bibliothek arbeiten, ich hatte keine andere Wahl, denn zu Hause mit sieben Geschwistern in einer stickigen Wohnung wäre Lernen das achte Weltwunder gewesen.

»Stütz dich bitte auf den Tisch und nicht auf das arme Buch, sonst haben wir irgendwann nur noch einzelne Seiten«, ermahnte mich der Verleiher zum zweiten Mal noch am selben Abend. Auch andere arme Teufel, die wie ich in der Bibliothek ihre Aufgaben machten, fuhr er an, sie sollten ihre verschwitzten Hände abtrocknen und nicht auf die Seiten legen, weil sie die ohnehin spärliche Druckerschwärze wegwischen würden.

Am dritten Tag warnte er mich zum letzten Mal. Ich wollte eine komplizierte Zeichnung abpausen und legte ein dünnes Papier darüber, da war er schon da und

brüllte, dass alle es mithören mussten: »Ja, sag mal, hast du kein Mitleid mit mir? Wenn jeder mit seinem spitzen Bleistift die Zeichnung nachzieht, wird sie bald ganz durchgedrückt sein.«

Nach genau drei Wochen musste ich ihm die Bücher wieder zurückgeben. Ich war verzweifelt. Doch da kam ein zweiter Verleiher, ein beleibter, großer Mann. »Er ist doch unerträglich, nicht wahr?«, sagte er. »Ich versteh nicht, wie die armen Schlucker immer wieder auf ihn hereinfallen können. Er hat dir die Bücher doch nur abgenommen, weil andere ihm höhere Gebühren angeboten haben und er keine weiteren Bücher mehr besitzt.«

In der Tat hatte ich kurz davor gehört, dass sich Studenten in eine Warteliste eintragen ließen und dass manche inzwischen doppelt so viel zahlen wollten, um an die Bücher zu kommen.

Der zweite Verleiher sagte, er habe noch genug Material und seine Kunden wären alle zufrieden. Er sei etwas teurer, aber dafür freundlicher. Ich ließ mir wieder die zwei Lehrbücher bringen, zahlte für einen Monat im Voraus, war jedoch bei der Übergabe entsetzt über ihren Zustand. Sie waren zwar gut gebunden, aber fleckig, und sie rochen nach abgestandenem Rauch und Bratkartoffeln. Ich stand gewaltig unter Zeitdruck. Bis zum Abend musste ich noch zwei Aufgaben geschafft haben. Doch schon beugte sich der Koloss über mich und sagte in väterlichem Ton: »Ja, was streichelst du denn das Buch so ängstlich, greif mal voll rein ins pralle Leben!«, und er blätterte so geräuschvoll hin und her, dass alle anderen sich köstlich amüsierten.

Am nächsten Tag klopfte er mir vertraulich auf die Schulter. Ich drehte mich nicht einmal um, da hörte ich seine laute Stimme: »Mein Gott!« Er lachte und belustigte die Lernenden am Nebentisch. »Du sitzt ja da, als wär das Buch ein Löwe. Hab keine Angst, stütz dich ruhig auf seine Seiten und quetsch sie ordentlich. Ich bin nicht wie mancher Geizkragen. Bücher sind da, um gebraucht zu werden. Schau«, rief er und riss den Wälzer vom Tisch, warf ihn auf den Boden und blickte in die Runde, »das nennt man eine gute Bindung. Ich lass alle meine Bücher zusätzlich binden. Bei mir brauchst du keine Angst zu haben, mein Junge.«

Von nun an wurde ich täglich von ihm aufgesucht, bald waren wir vier arme Teufel, die Bücher leihen und in der Bibliothek lernen mussten, bekannt wie bunte Hunde. Und die Leute fingen an zu lachen, wenn sie uns bloß sahen.

Ich hielt das nicht länger als einen Monat aus, gab die Bücher zurück und fragte nach dem Studienfach, dessen Bücher am leichtesten zu erwerben waren.

»Chemie«, lautete die Antwort. Die Professoren dort waren dabei, neue Lehrbücher zu schreiben, und verteilten deshalb die Texte ihrer Vorlesungen an die Studenten als Manuskripte. Kostenlos!

So wurde ich Chemiker.

Der Wald und das Streichholz

Es war einmal ein großer Wald. Hunderte von Pinien lebten stolz und mit erhobenem Haupt neben drei Olivenbäumen, die klein und schmächtig, aber nicht weniger stolz waren.

»Was interessiert uns, dass die Pinien weit sehen, sie sind nur hochmütig, und schon vom schwächsten Wind werden sie hin- und hergeschaukelt. Wir sind tief verwurzelt, und auf dem Boden entgeht uns nichts«, dachten die Olivenbäume.

Aber die Pinien interessierten sich kaum für das, was auf dem Boden geschah. Sie waren stolz auf ihren weiten Blick.

Ab und zu stritten die Nachbarn, was besser sei: Oliven oder Pinienkerne.

»Wir geben den Armen Nahrung. Euch braucht der Mensch höchstens zur Verzierung misslungener Gerichte«, höhnten die Olivenbäume.

»Die wertvollsten Früchte tragen wir. Eure sind schmierig und ranzig«, antworteten die Pinien.

Aber da sich die Nachbarn nicht aus dem Weg gehen konnten, waren sie sehr höflich zueinander, wenn sie sich grüßten.

Eines Tages sahen die Olivenbäume ein Streichholz auf dem Boden liegen. Das Streichholz flüsterte ihnen zu: »Habt keine Angst, ihr bescheidenen, gütigen Olivenbäume. Ich will nur die Pinien anzünden. Sie haben die Pappel, meine Mutter, beschimpft; ich will sie rächen.«

Zwei Olivenbäume sagten: »Was geht uns das an? Das Streichholz will ja nur die Pinien anzünden, und die sind wirklich hochnäsig.«

Der älteste Olivenbaum mit dem knorrigen Gesicht sagte: »Das Streichholz ist gemein.« Und er rief den Pinien zu: »Holt den Wind! Holt die Wolken! Lasst sie regnen und dieses gemeine Biest zerstören.«

Die Pinien lachten höhnisch: »Was kann schon ein Streichholz anrichten, der erbärmliche Sohn einer dämlichen Pappel.« Einige aber dachten: »Wenn es brennt, brennen die kleinen hässlichen Olivenbäume ab. Dann holen wir die Wolken und löschen das Feuer. Und dann verteilen wir unsere Kerne in der entstandenen Lichtung – und wir, die aufrechten Pinien, sind endlich unter uns!«

Der alte Olivenbaum reckte seine Zweige gen Himmel und versuchte den Wind und die Wolken herbeizurufen, aber seine Arme waren kurz und starr. Er konnte weder den Wind noch die Wolken erreichen.

Als die Sonne schien, rollte sich das Streichholz unter eine Glasscherbe, die in der Nähe lag. Nach einer Weile loderte eine kleine Flamme auf. Das Feuer wurde größer, und es fraß die Pinien und die Olivenbäume. Die Pinien schrien nach dem Wind und nach den Wolken, aber das knisternde Lachen des Feuers war lauter, und es regnete und stürmte nicht. Und so brannte der ganze Wald nieder.

Seither lauschen alle Pinien der Welt genau den Berichten der Olivenbäume über das, was auf dem Boden geschieht. Und die Olivenbäume lauschen aufmerksam dem, was die Pinien von der Ferne erzählen.

Tag für Tag aber springen Streichhölzer aus ihren Schachteln und lauern auf eine Möglichkeit.

Zauberformeln

Das Haus des Konditors barg alle Verlockungen der Düfte. Man roch sie, wenn man an seiner Tür vorbeiging, und wir erfanden tausend Gründe, um bei der Familie zu klingeln und höflich nach irgendetwas zu fragen, nur um für eine Minute in diese Wolke von Düften einzutauchen. Der Konditor war ein hochgeachteter Armenier, der nach dem Massaker an seinem Volk in Damaskus Asyl gefunden hatte. Er war freundlich und wortkarg.

Die Kinder meiner Straße hockten vor seinem Haus und erzählten Geschichten von einem Zauberbuch, das er angeblich besaß und durch dessen Geheimformeln jedweder Teig zu duftendem Kuchen wurde. Wir saßen gebannt da und labten uns in unserer Fantasie beim Zuhören am leckersten Gebäck der Welt, das kein Konditor je herstellen konnte.

Überhaupt begeisterten uns Zauberformeln. Ich erinnere mich, wie Josef, mein Kindheitsfreund, mir eines Tages erzählte, dass seine Großmutter eine Zauberformel beherrschte, die Tiere in Menschen verwandeln konnte.

Die Oma behauptete nach Josefs Worten: »Alle Tiere sind früher Menschen gewesen, und durch die Zauberformel wird ein Mensch, wenn er sie ausspricht, in das Tier verwandelt, das ihm charakterlich am ähnlichsten ist. Die Tiere können jederzeit durch dieselbe Formel wieder zu Menschen werden, nur dürfen sie bis dahin nie lachen, denn Lachen macht vergessen und löscht die Formel aus dem Gedächtnis.

So müssen viele für immer Tiere bleiben. Allerdings behaupten böse Zungen, dass die Tiere die Formel in Wirklichkeit nie vergessen, aber beim Anblick der Menschen vorziehen, Tiere zu bleiben.«

Josef schwor, seine Großmutter flüsterte manchmal aus lauter Übermut einem Hund die Formel ins Ohr, und schon stand ein Mann da, folgsam und treu wie ein Hund. Und mein Freund, der den Mathematiklehrer nie ausstehen konnte, fügte bitter hinzu: »Bei diesem Trottel hat meine Oma einen Fehler begangen. Hätte sie ihn doch als Esel gelassen, so wäre er vielleicht nützlicher.«

Großvaters Brille

Mein Großvater las sein Leben lang immer wieder ein einziges Buch: die Bibel. Er las langsam, sehr langsam. Sein Bild prägte sich unauslöschlich in meinem Gedächtnis ein: Gebeugt über das große Buch, saß er da und stahl den letzten Strahlen der untergehenden Sonne noch etwas von ihrem Schein. Bei künstlichem Licht wollte er nie lesen.

Und wenn man ihn nach seinem größten Wunsch fragte, so antwortete er: »Möge es doch eine gute Ausgabe der Bibel im Himmel geben.« Dort wolle er dann unter einem Baum sitzen und Tag und Nacht lesen, denn im Himmel gehe die Sonne nie unter. Mit den Jahren wurden seine Augen schwächer und er besorgte sich eine Brille vom Krämer. Damals gab es weder Optiker noch Augenärzte. Man ging zum Krämer. Dort hingen alle möglichen Brillen und man probierte so lange, bis man die geeignete fand.

Großvaters Brille veränderte sein Gesicht. Er sah nicht mehr gütig und klug aus, sondern starr, ängstlich und dauernd erstaunt. Als ich das meiner Großmutter sagte, lachte sie. »Ja, er ist manchmal starr vor Angst, und staunen tut er schon seit seiner Geburt.«

Eines Tages starb der Großvater. Ich war mit meiner Mutter gerade für drei Tage verreist, und als wir zurückkamen, lag er im Wohnzimmer und war nur noch steif. Ich trauerte lange um ihn. Er war ein exzellenter und geduldiger Bastler und der beste Großvater der Welt gewesen.

Zwei Wochen später entdeckte ich seine Brille. Sie lag im Regal hinter der Bibel.

Ich eilte zu meiner Großmutter. »Hier, die Brille«, sagte ich außer Atem, »Großvater kann im Himmel nicht mehr lesen.«

Die Großmutter schaute mich einen Augenblick lang etwas verwirrt an, dann lächelte sie. »Er soll erst einmal den Himmel kennenlernen, und bald, wenn ich ihm folge, nehme ich sie ihm mit.«

Die Tage vergingen, und ich bewahrte die Brille sorgfältig auf. Ab und zu setzte ich sie auf und schaute mich im Spiegel an. Ich sah auch erstaunt, starr und ängstlich aus, obwohl ich mich um einen bösen oder wenigstens unerschrockenen Blick bemühte.

Ein halbes Jahr später erkrankte Großmutter schwer, und als ich meine Mutter beim Mittagessen zu meinem Onkel sagen hörte, sie fürchte, die Oma werde dem Opa sehr bald folgen, atmete ich erleichtert auf. Ich lief in mein Zimmer, holte die Brille und ging zur Großmutter.

»Vergiss das hier nicht«, sagte ich. Sie musste darüber so lachen, dass sie einen Hustenanfall bekam, dann strich sie mir über den Kopf und nahm die Brille entgegen.

Drei Tage später starb sie. Die Nachbarn staunten nicht wenig, als sie in den Sarg sahen. Normalerweise geben die Leute toten Frauen einen Rosenkranz in die Hände. Die Hände meiner Großmutter aber umklammerten Großvaters Brille.

»Es war ihr ausdrücklicher Wunsch«, erklärte meine Mutter dem erbosten Pfarrer, und ich war nun sicher, dass Großvater an jenem Tag wieder mit dem Lesen beginnen konnte.

Das zukünftige Buch

Manfred ist einer der besten Computerexperten in diesem Land. »Das Buch der Zukunft«, sagte er mir beim letzten Besuch, »ist ein Traum. Es wird das Lesen revolutionieren. Es ermöglicht das atmosphärische Lesen«, schwärmte er, »und das ohne lästiges Volumen, ohne Regale, ohne Zerstörung der Wälder. Es ist papierlos. Ein Rechteck, so groß wie die Handfläche, man kauft es nur einmal und lädt es nach Belieben auf in Wissenstankstellen, sozusagen elektronischen Bibliotheken, die gegen eine geringe Gebühr in Sekunden jedes Buch der Welt in jeder Sprache abrufen und speichern können. Bald stehen dann überall Selbstbedienungsautomaten. Du schiebst dieses elektronische Buch wie eine Kassette hinein und tippst den gewünschten Titel. Der Bruchteil einer Sekunde genügt, und schon kann der Text getankt werden. Dieses kleine elektronische Buch hat eine Kapazität von 300.000 Seiten, die man nach Belieben zitiert, abruft oder löscht.

Zu Hause dann beginnt der wichtigere Schritt des atmosphärischen Lesens. Mit ›On‹ wird der Monitor zu einer Buchseite mit beliebig wechselbarem Schrifttyp. Auch Farbe und Zeichengröße lassen sich nach Wunsch verändern. Du kannst vor- und rückwärtsblättern. Aber das ist noch gar nichts. Streicht man mit dem Finger über eine Zeile, aktiviert man das sogenannte ›Sound-File‹. Der Receiver empfängt ein Infrarotsignal und betätigt den an einen Quadrofon-Lautsprecher angeschlossenen ›Sounder‹. Nun werden alle Geräusche des jeweiligen Abschnitts erzeugt, sodass man Schritte, Wind, das Summen der Insekten, einen Wasserfall, ja den ganzen Hintergrund so hört, als sei man selbst in dem Roman. Das ist aber auch noch nichts. Gleichzeitig geht nämlich ein Signal vom Receiver an das ›Atmosphere-File‹, das über Ventilator und Sprühanlagen Temperatur, Wind, Feuchtigkeit und Geruch steuert.

Die rein akustische Atmosphäre zu schaffen, macht absolut kein Problem. Das ist ja die Gnade des Tons. Er stirbt im Augenblick seiner Geburt. Aber nicht so der Geruch. Etwa hundert Düsen steuern die Atmosphäre so, dass sie derjenigen im Buch entspricht. Doch wie soll ein Duft schnell wieder verschwinden? Die Situation ändert sich ja in manchen Geschichten von Zeile zu Zeile und deine Nase müsste sich innerhalb von Sekundenbruchteilen neu orientieren. Kannst du dir eine Verfolgungsjagd mit Schießerei vorstellen, die durch mehrere Straßen, Nachtlokale, Häuser und womöglich Parkanlagen oder Sümpfe geht? Wie gesagt, mit den neuen Computern ist es kein Problem, jede beliebige Atmosphäre herzustellen, doch sie genauso schnell und problemlos wieder verschwinden zu lassen, ist bis jetzt noch nicht möglich. Den computergesteuerten Geruchsschlucker gibt es zwar schon, aber das Gerät füllt ein kleines Zimmer und ist immer noch sehr teuer. Allerdings ist so etwas eine Anschaffung fürs Leben. Du kannst mit dem Gerät alle unangenehmen Gerüche im Haus aufsaugen und durch andere ersetzen lassen. Und die Computer werden auch kleiner werden, was wiederum die Herstellungskosten senken dürfte, sodass sich bald jede Familie das atmosphärische Lesen leisten kann.«

»Was heißt bald«, erwiderte ich triumphierend, »ich besitze bereits solch eine Anlage. Und die kann noch mehr und ist viel umweltfreundlicher als dein Sprüh- und Schluckmonster.«

Manfred schwieg überrascht einen Augenblick, dann lächelte er verlegen.

»Willst du mich auf den Arm nehmen? Das Zauberding ist gerade erst in Planung. Das gibt es noch nicht!«

»Doch, hier«, sagte ich und zeigte auf meinen Kopf.

Wie das Echo auf die Erde kam

In früheren Zeiten, noch lange, bevor der Mensch die Erde betrat, lebte ein Dämon, der mit seiner Frau in den tiefen Höhlen und Schluchten umherzog. Dieser Dämon war unter seinesgleichen dafür berühmt, dass er nicht zuhören konnte. Am schlimmsten aber litt seine Frau darunter, denn er hatte die Gewohnheit, nicht nur nicht auf sie zu hören, sondern alles, was sie erzählte, für dumm zu erklären. In allem widersprach er, und nichts, was sie ihm aus ihrem Herzen erzählte, hörte er.

Eines Tages stritt sie mit ihm, und da sie auf ihr Recht pochte, schlug er auf sie ein. Das Grauenhafteste aber war, dass er ihr danach sanft und gütig erklären wollte, warum seine Schläge ihr guttun würden. Seine Worte trieften vor Honig, doch der Frau tat alles weh. Sie verfluchte ihn: Von nun an solle er zwei Münder und nur noch ein Ohr haben.

Der Dämonengott schwebte gerade an der Schlucht vorbei, in der die Dämonin aus vollem Herzen ihren Gatten verfluchte. Er hörte die Verwünschungen und bekam Mitleid mit der Frau. Und da er des Öfteren über diesen Dämon Schlechtes gehört hatte, erfüllte er der Frau den Wunsch. Der Dämon schlief ein, und als er aufwachte, hatte er plötzlich zwei Münder übereinander und ein winziges Ohr auf der Stirn; es war so groß wie eine Kichererbse. Seine alten Ohren lagen wie zwei welke Herbstblätter auf seinem Kopfkissen.

Der Dämon freute sich anfangs sehr und bedankte sich bei seinem Gott kniend für diesen Segen. Nun konnte er noch schneller und lauter reden. Von da an hörte er überhaupt nicht mehr auf zu reden. Auch wenn er aß oder trank, redete er noch mit dem anderen Mund.

Die anderen Dämonen verstanden die Strafe ihres Gottes nicht, denn nun konnte dieser Dämon sie ja noch öfter unterbrechen und mit dem anderen Mund antworten.

Auch die Frau, die mit nur einem Mund nicht fertig geworden war, war der Verzweiflung nahe, denn von nun an rasselte sein Schnarchen in der Nacht aus zwei Mündern.

Der Dämon hörte immer öfter nur noch seine zwei Stimmen, und irgendwann wuchsen seine Worte zu einer unsichtbaren Mauer, die ihn von seinen Freunden und Feinden trennte. Alle Dämonen mieden ihn, als hätte er die Pest. Niemand achtete mehr auf seine Worte. Nicht einmal seine Frau wollte sie hören. Worte sind empfindliche Zauberblumen, die erst im Ohr eines anderen ihren Nährboden finden. Seine Worte aber fanden kein Gehör mehr und verwelkten, sobald sie seine Lippen verließen.

Bald fühlte sich der Dämon elend mit seinen toten Worten. In seiner Einsamkeit erkannte er endlich seine Dummheit. Von nun an übte er Buße. Er schwieg mit beiden Mündern und hörte mit dem winzigen Ohr so gut zu, wie er es früher mit beiden Ohren nicht vermocht hatte. Jahrelang flehte er in seinem Herzen den Gott der Dämonen an, ihm ein zweites Ohr zu schenken, damit er noch besser zuhören könne. Seine Frau be-

kam Mitleid mit ihm, und auch die Nachbarn in den nahen Erdhöhlen, Quellen und Vulkanen vergaßen ihren Zorn und flehten ihren Schöpfer an, dem Armseligen zu verzeihen.

Der Gott der Dämonen aber grollte noch weitere Jahre und empfing in dieser Angelegenheit keinen Bittsteller in seinem Palast. Erst im tausendundersten Jahr gewährte er dem unglücklichen Dämon Audienz. »Bereust du deine Untaten?«, fragte er zornig.

Der Dämon nickte.

»Und wirst du alles tun, um wieder zwei Ohren und nur einen Mund zu bekommen?«

Der Dämon war zu jedem Opfer bereit.

»Dann sollst du ab sofort statt des zweiten Mundes wieder ein zweites Ohr haben. Dafür musst du aber jeden Ruf und jeden Satz, ob von Dämonen, Tieren oder Menschen, wiederholen. Wehe dir, du überhörst bis zum Ende der Zeit auch nur einmal das Zirpen einer Zikade.«

»Dein Wunsch sei mir Befehl, Herr meiner Seele. Ich werde ihn bis zum Ende der Zeit erfüllen. Segne mich bitte mit dem zweiten Ohr. Die Sonne und der Mond sind meine Zeugen«, sagte der Dämon bewegt mit seinem nun wieder einzigen Mund.

Seitdem wiederholt Echo, so hieß der Dämon, jeden Laut von Menschen, Dämonen und Tieren in den Schluchten, Höhlen und Abgründen. Er überhört nicht einmal das Geräusch eines rollenden Steinchens.

Chor

Eine herbe Niederlage für meine Mutter! Seit Wochen hat sie mich genervt, ich solle doch im Kirchenchor singen. Also bin ich ihr zuliebe heute hingegangen. Sie hat mir sogar zwei Orangen als Belohnung gegeben, was wiederum meine Schwester furchtbar geärgert hat. Sie will jetzt auch in einen Chor gehen, wenn sie dafür zwei Orangen bekommt.

Wir haben uns um zwei Uhr auf dem Kirchhof getroffen. Pfarrer Georgios, der für den Chor verantwortlich ist, holte uns ab. Er wollte uns Neulinge erst mal prüfen, ob wir nicht vielleicht schon im Stimmbruch sind. Zuerst mussten wir uns der Größe nach aufstellen, und da ich bereits einsfünfundsechzig bin, stand ich ganz hinten. Wir mussten ihm ein paar »Kyrieeleison« nachsingen, aber er schaute jedes Mal ganz irritiert drein.

»Da brummt doch einer!«, stellte er fest. Den dicken Georg, der in der ersten Reihe stand, fand er gleich heraus. Er flüsterte ihm etwas zu, und der Dicke schlich mit gesenktem Kopf zur Tür hinaus. Jetzt mussten wir wieder singen, aber er war immer noch nicht zufrieden.

»Wer brummt denn da noch?«, fragte er missbilligend.

Wir schauten uns alle an und zuckten die Schultern. Da teilte er uns in drei kleine Gruppen auf. Ausgerechnet die Gruppe, in der ich war, hatte den Brummer. Ich versuchte, so leise und fein wie nur möglich zu singen.

Pfarrer Georgios nickte bedeutsam mit dem Kopf. Er kam zu mir und klopfte mir auf die Schulter. »Nichts für ungut, mein Sohn«, meinte er, »aber du hast eine viel zu tiefe Stimme. Na ja, Pech gehabt.«

Als ich nach draußen ging, lungerte dort Georg noch immer vor der Tür herum und grinste mich widerlich an. »So ein blödes Quaken«, sagte er. »Ich hab die ganze Zeit absichtlich falsch gesungen.« Er plärrte mir auf dem Heimweg mit seinen blöden Sprüchen die Ohren voll.

Zu Hause wunderte ich mich über die vielen Nachbarinnen, die bei meiner Mutter Kaffee tranken. Sie war voreilig gewesen und hatte überall erzählt, der Pfarrer habe mich persönlich gebeten, im Chor zu singen. Als sie mich so frühzeitig wieder in der Tür stehen sah, schaute sie mich entgeistert an. Ich sagte ihr, dass der Pfarrer mich hinausgeschmissen habe, und meine Mutter bekam einen Wutanfall auf den Pfarrer. Die anderen Frauen versuchten heuchlerisch, sie zu trösten, aber sie wollte nichts mehr hören und schimpfte nur: »Was versteht dieser alte Rabe denn von Gesang?«

Gebet eines einsamen Fischers

Lieber Gott, ich könnte mir zwar die Spucke sparen, denn du weißt alles, aber es könnte ja sein, dass du zufällig gerade mich übersehen hast. Seit drei Tagen hole ich meine Netze so leer aus dem Meer, wie ich sie hineingeworfen habe. Unsere Küste ist zu unruhig für die Fische geworden, seit die Touristen hierherkommen. Surfer, Flieger, Motorboote und all diese lärmenden Teufelsmaschinen, deren Namen ich nicht behalten kann, vertreiben die Fische in die Tiefe. Dort werden sie von den neuen Schiffen der Fischereiflotte mit Radar geortet und aufgesaugt.

Und ich? Ich habe nur meine Hände, morsch sind sie von Salz und Müdigkeit wie mein Boot. Lieber Gott, hilf mir, denn mein Hunger ist ungläubig.

Mahmud und Ali fischen nicht mehr. Sie verkaufen Muscheln aus Indonesien und Korallen aus der Karibik an Touristen. Mustafa lebt gut von fünf Fahrrädern, die er verleiht. Und Abdullah spielt den freiwilligen Retter für in Not geratene Touristen. Er verdient heute mit den Belohnungen dafür so viel wie früher mit Fischen. Er sagt immer: »Was soll's, früher hab ich Fische herausgeholt und heute hole ich Menschen. Ob Fisch oder Mensch – alle sind Gottesgeschöpfe.«

Und ich sitze hier und warte. Das Meer ist bleiern und öde, die Wellen haben keine Frische mehr. Lieber Gott, die Stille macht mich unruhig.

Abdullah hat mir den Tipp gegeben, denn er kann die Küste nicht allein bewältigen, und die Behörden haben wegen der Kosten keinen Bademeister mehr angestellt. Als ich scherzte, dass wir uns dann ja wünschen müssen, dass Touristen ertrinken, damit wir überleben, protestierte er: »Nein, nicht ertrinken, denn an Leichen verdienst du nichts. Beinahe ertrinken lassen soll Gott die Touristen, und das versteht der weise Herrscher der Welten.«

Lieber Gott, sei mir gnädig, die zwei Touristinnen da vorne können bestimmt nicht schwimmen. Sie haben mit Mühe und Not bei Ebbe diesen flachen Felsen erreicht, und nun höre ich aus der Ferne, wie sie sich gegenseitig Mut machen, ins Wasser zu springen. Die eine streichelt dabei die langen Haare der anderen und blickt auf den fernen Strand. Sie ist die Antreiberin, die andere bremst. Sie haben fast keine Kraft mehr. Und ich tue so, als sei ich mit meinem Netz beschäftigt, und warte. Und sobald sie ins Wasser springen, rudere ich ihnen langsam nach, und wenn sie mich dann sehen, wird sie die letzte Kraft verlassen und sie werden rufen und um Hilfe bitten.

Lieber Gott, lass die Hartnäckige weich werden. Vier Kinder warten auf das Abendbrot, das ich noch nicht kaufen kann.

Lieber Gott, lass sie ins Wasser springen und beinahe ertrinken.

Nein, ich bin ein Pechvogel. Die eine schüttelt den Kopf. Die andere deutet auf das steigende Wasser. Nun steht die Langhaarige auf, schätzt die Entfernung zum Strand und schüttelt verzweifelt den Kopf.

Der Strand versinkt immer weiter in den Wellen der ansteigenden Flut. Und die nächste Ebbe kommt erst in einer Ewigkeit. Unmöglich, hier auszuharren. Das Wasser bedeckt bereits ihre Knöchel.

Lieber Gott, gib der Zögernden einen Schubs und meine Kinder müssen nicht noch einmal nur mit trockenem Brot und Kräutertee in ihren aufgeblähten Bäuchen einschlafen. Abdullah sagt, Touristen seien großzügig und ihre Hand bewege sich locker ins Portemonnaie.

Und nun?

Ja, sie springt! Ich ziehe endlich das verfluchte Netz aus dem Wasser und rudere langsam, aber geräuschvoll auf sie zu. Die Langhaarige dreht sich um, entdeckt mich und fängt an zu winken. Danke, lieber Gott, für heute bin ich gerettet.

Der Handel

Mit meiner Mutter einkaufen zu gehen, ist ein Erlebnis! Ich gehe zwar selten mit ihr zum weit entfernten Basar, weil das immer sehr lange dauert, aber heute habe ich sie begleitet.

Ich wundere mich jedes Mal darüber, wie die Händler meine Mutter unter Tausenden von Kunden, die im Basar Monat für Monat einkaufen, wiedererkennen. Sie erkundigen sich nach meinem Vater, und sie fragt nach ihren Frauen und Kindern. Manchmal setzt sie sich zu einem von ihnen hin, lässt sich Stoffe und Kleider zeigen, trinkt Kaffee, erzählt und hört seinen Geschichten zu, dann steht sie auf und geht, ohne etwas zu kaufen, und der Händler ist nicht einmal böse. Fängt sie aber erst einmal an zu handeln, muss ich Hiobs Geduld aufbringen. Heute war es wieder mal so.

Meine Mutter fand einen guten Stoff und fragte, was der laufende Meter davon koste. Der Händler nannte einen Preis und betonte, er sei nur deshalb so billig, weil meine Mutter eine Stammkundin sei. Statt sich zu freuen, wurde sie zornig und bot die Hälfte der Summe. Der Händler räumte den Stoff weg und schimpfte, er sei doch kein Dummkopf, der seinen besten Stoff mit Verlust verkaufe. Für diesen niedrigen Preis zeigte er ihr einen schlechteren Stoff. Meine Mutter prüfte ihn mit einer kurzen Handbewegung und sagte, so schlecht sei dieser Stoff zwar nicht, aber sie wolle den ersten. Sie bot dem Händler aber ein paar Piaster mehr. Der schrie entsetzt auf und warf meiner Mutter Unbarmherzigkeit gegenüber seinen Kindern vor, ging aber mit dem Preis etwas runter. Der Vorwurf der Unbarmherzigkeit hätte meine sensible Mutter zu Tränen rühren sollen, aber sie lachte, wünschte den Kindern Gesundheit und Glück und bot ein paar Piaster mehr. Diesmal reagierte der Händler milder. Er erinnerte meine Mutter an den ersten Einkauf bei ihm. Das war vor dreißig Jahren, aber er wusste noch genau, dass sie damals ein blaues Kleid angehabt hatte und sehr schön aussah. Und er erinnerte sie daran, dass sie seinen Stoff jahrelang getragen hatte, und dann ging er mit dem Preis wieder etwas runter. Statt aber nach so viel Lob glasige Augen zu bekommen, reagierte meine Mutter trocken. Er sei damals sehr liebenswürdig gewesen, weil er ein armer Händler gewesen sei. Heute sei er reich und unnachgiebig gegenüber einer Kundin, die alle anderen Händler links liegen lässt und nur zu ihm kommt. (Das stimmte natürlich nicht. Sie hatte denselben Stoff bei anderen Händlern schon geprüft und sich nach dem Preis erkundigt!) Sie bot aber ein paar Piaster mehr.

»Was? So wenig?«, zeterte der Händler empört. »Wenn meine Frau hört, dass ich diesen Stoff für so wenig Geld verkauft habe, dann lässt sie sich scheiden!«

»Das wäre nicht schlecht«, meinte meine Mutter mit einem Lachen. »Vielleicht findet sie einen jüngeren, schöneren Händler. Du bist zu alt und knauserig geworden«, fügte sie hinzu und bot ein paar Piaster mehr.

Der Händler lachte, lobte meinen Vater, der eine gute, sparsame Frau geheiratet habe, und ging erneut mit dem Preis etwas herunter, schwor aber bei seiner Pilgerreise

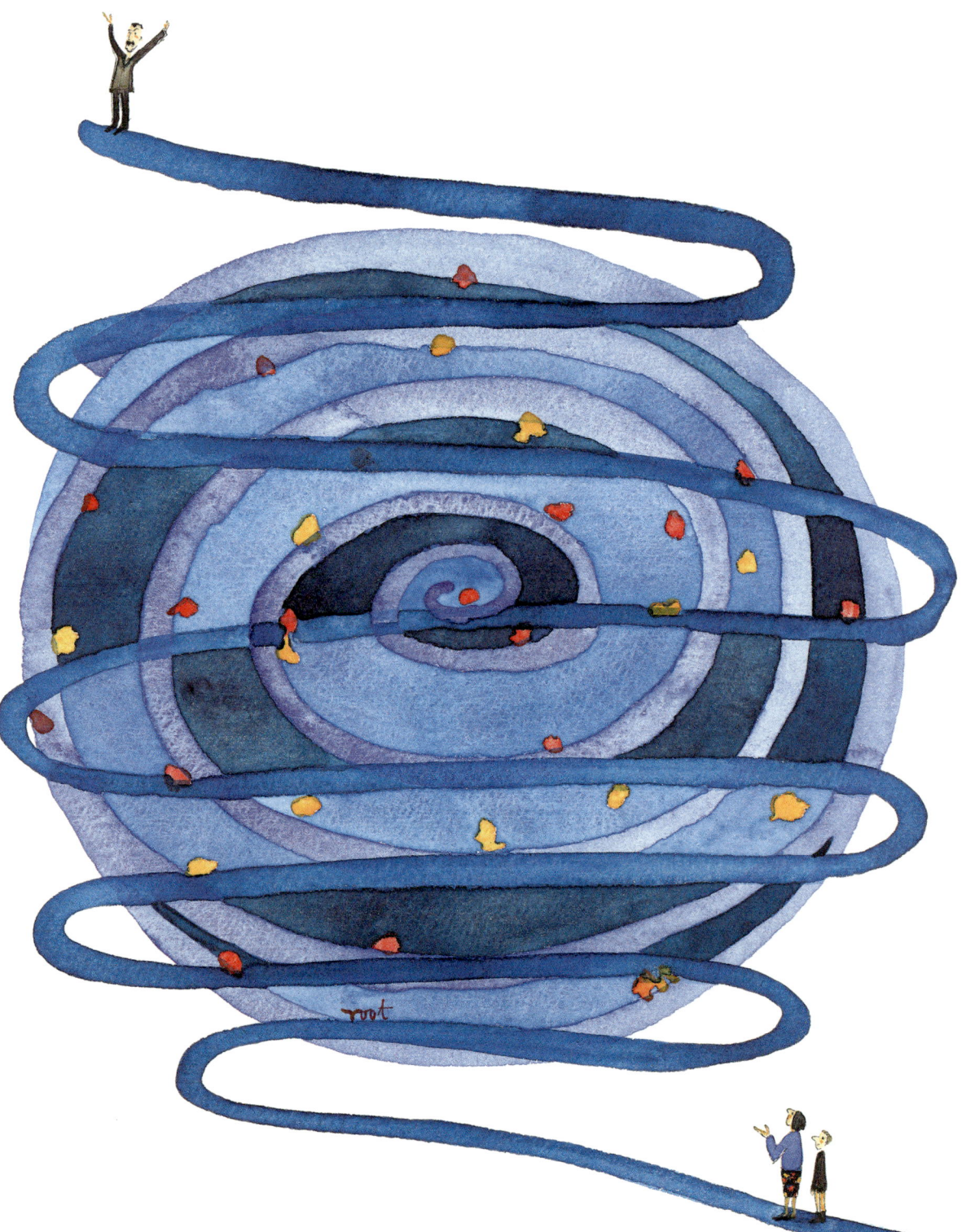

nach Mekka, dass dies sein letztes Angebot sei.

Meine Mutter tat so, als wüsste sie nicht, dass er je in Mekka gewesen war. »Was? Du bist ein Pilger? Das wusste ich noch gar nicht. Wann war das?«

Und der Händler erzählte von der anstrengenden Reise nach Saudi-Arabien und von dem erhabenen Augenblick, am heiligen Ort mit vielen Gläubigen zusammen zu sein. Aber da er weiß, dass wir Christen sind, fügte er hinzu, dass er bei der nächsten Gelegenheit nach Jerusalem pilgern wolle. Diese Stadt ist für Muslime die zweite heilige Stadt nach Mekka.

Meine Mutter stand auf und sagte beim Hinausgehen: »Du willst wohl nicht verkaufen. Ich hätte einen großen Ballen genommen«, und sie bot ihm einen neuen Preis, der ein paar Piaster höher lag als der letzte. Verzweifelt – so tat er wenigstens – stöhnte der Händler auf und überließ meiner Mutter den Stoff, vergaß seinen Schwur und versäumte nicht, sie darum zu bitten, niemandem zu erzählen, dass sie den Stoff so billig gekauft habe. Er wolle sich ja nicht ruinieren.

Erfreut darüber, dass das Geschäft nun endlich zustande gekommen war, nahm ich den Stoffballen und lief mit meiner Mutter nach Hause. Sie lobte den Händler und seine Ehrlichkeit, und ich verstand überhaupt nichts mehr.

Als Gott noch Großmutter war

Als kleines Kind war ich oft bei meinen Großeltern. Tage und Wochen verbrachte ich dort; es war angenehm, der überbevölkerten Enge der elterlichen Wohnung zu entfliehen und die unendliche, nach Thymian duftende Ruhe zu genießen.

Oft saßen wir, mein Großvater und ich, am Kamin, und er erzählte viel und dachte, ins knisternde Feuer starrend, nach, bis er mitten im Nachdenken einschlief. Nicht selten schlief auch ich kurz darauf ein, und wenn ich aufwachte, war er meist auch schon wach, lächelte verlegen und fragte, während er trockene Zweige bündelte und in den Kamin schob: »Wo bin ich in der Geschichte stehen geblieben?«

Großvater schien den ganzen Tag am Kamin gesessen zu haben, denn ich habe nur dieses Bild von ihm in meiner Erinnerung. Wenn es dunkel wurde, blieben wir im Dunkeln sitzen, bis Großmutter kam und einmal leicht an die Wand klopfte, dann wurde es hell. Wenn ich in der Dunkelheit Angst bekam, tröstete Großvater mich. »Bald kommt deine Oma und macht Licht. Das kann sie gut«, sagte er voller Bewunderung. Er konnte kein Licht machen, weder im Sommer noch im Winter.

Und wenn es uns im Sommer heiß wurde, bat er Großmutter höflich, sie möge frischen Wind machen. Großmutter klopfte an die Wand, und ein alter Propeller an der Decke zauberte geräuschvoll eine frische Brise hervor. Großvater lehnte sich mit geschlossenen Augen zurück. »Göttlich«, flüsterte er genussvoll und schlief ein. Und ich erinnere mich sehr wohl daran, dass ich an einem windigen Morgen am Fenster stand und Großvater fragte, wer das Licht und den Wind draußen mache. »Gott«, antwortete Großvater, und da war ich sicher, Gott ist auch eine Großmutter.

Später studierte ich Chemie, Physik und Mathematik. Oft aber, wenn meine Finger einen Lichtschalter berühren, denke ich an meine Großmutter, und für einen kurzen Augenblick verfluche ich sämtliche Wissenschaften.

Herbststimmung

Mich stört ein regnerischer Sommer wenig. Die sonnigen Tage meiner Kindheit waren mir viel zu heiß. Regen im Sommer hat für mich immer noch die Erinnerung an Frische. Das üppige Grün betont auch beim schlimmsten Wetter, dass der Sommer hartnäckiger und bodenständiger ist als die Launen der Wolken.

Der Herbst verlangt nach Langsamkeit, Besinnlichkeit. Seine sensiblen vielfältigen Farben sind zerbrechlicher als die schwach gewordenen Sonnenstrahlen. Deshalb kann ich mich auch nach fünfundzwanzig Jahren Exil in Europa nicht an die kurzatmigen, vom Winter überrumpelten Herbste gewöhnen. Die Melancholie verwandelt sich in der feuchten Kälte, die in die Kleider und mit dem Atem nach innen dringt, in Traurigkeit. Spazierengehen wird zur Hast, der Blick senkt sich zu Boden und ertrinkt in grauer Nässe.

Der Herbst, wenn er langsam und leise zu seinem Gang ansetzt, entfaltet in mir das allerschönste und tiefste Gefühl für die Natur. Seine Farbenpracht vor Augen, die Erinnerung an den Sommer im Herzen, im Bewusstsein die nahende klirrende Kälte des Winters – all das lässt ihn als reichste und intensivste Jahreszeit erscheinen, und deshalb empfinde ich seinen Verlust umso schmerzlicher. Der Herbst ist mit Gesundheit und Freiheit verwandt, erst wenn er fehlt, fühlt man, wie wertvoll er war.

Joker

Das Wort »Gasse« ist für mich auf immer und ewig mit dem Wort »Spielen« untrennbar verbunden. Als ich vor vierzig Jahren dort spielte, gab es in jeder Saison ein Spiel, das ganz streng nur in dieser Zeit gespielt werden durfte. Wer das bestimmte, wann die Zeit eines bestimmten Spieles begann und wann sie endete, blieb ein Geheimnis der Kindheit. Einzig Murmelspiele waren in allen Jahreszeiten zugelassen.

Ich erinnere mich genau, wie ich einmal dakniete und mit meiner letzten Murmel auf eine andere zielte. Ich hatte einen schlechten Tag und spürte mein Herz rasend klopfen. Unter den zuschauenden Kindern herrschte explosive Ruhe. Ich war voller Ernst bei der Sache. Das Allerkomischste beim Spielen ist überhaupt der Ernst, mit dem es betrieben wird. Meine Hand verzauberte sich durch meine Hoffnung, ich traf die Murmel aus fast drei Meter Entfernung und gewann über zehn weitere Murmeln. Jener Tag war gerettet.

Im Winter eröffneten wir unsere Spielsaison mit Nüssen, Oliven- und Dattelkernen. Die gewonnenen Nüsse konnte der Gewinner selbst essen, die Oliven- und Dattelkerne aber zur Brikettfabrik bringen. Sie waren als Material sehr billig, brannten gut und brachten uns ein paar Piaster. Im Winter spielten wir mehr Karten und Verstecken und machten auch mehr Ratespiele und Zaubertricks als im Frühjahr.

Kurz vor Ostern spielten wir mit gekochten Eiern und dehnten diese Zeit bis auf drei Wochen nach dem Fest aus. Allerdings nicht länger, denn danach fingen die Spiele mit den Aprikosenkernen an, die sehr begehrt waren, da sie viel Geld brachten. Es gab die teuren süßen Kerne, die zu einer marzipanähnlichen Masse verarbeitet wurden, und aus den etwas kleineren, bittern Kernen wurde Öl gepresst.

Dann flogen irgendwann die Bälle aus den Häusern, und wir jagten ihnen wie hypnotisiert nach, um die in den Wintermonaten aufgestaute Energie loszuwerden. Fußball und Basketball waren die beliebtesten Spiele. Heute spielen die Kinder meiner Heimatstadt bestimmt immer noch mit dem Ball, womöglich haben sie bessere Bälle und kennen sich in den Regeln besser aus, doch Joker kennen sie bestimmt nicht mehr, die zu meiner Zeit aus keinem Mannschaftsspiel wegzudenken waren. Joker, das waren all die Kinder, die für ein Spiel noch zu klein waren und doch mitspielen wollten. Sie durften zwar mit aufs Spielfeld und rannten leidenschaftlich mit der einen Mannschaft oder ihren Gegnern, sie schossen die Bälle kreuz und quer, lachten und warfen sich ins Zeug. Sie wurden immer akzeptiert und lieb behandelt, da sie zu keiner der beiden Mannschaften gehörten, aber ihre Tore wurden nicht gezählt. Trotzdem spielten sie mit, wechselten die Linien und lachten vergnügt im Glauben, sie spielten Fußball und es mache allen großen Spaß mit den Jokern.

Wenn Ende Juni die Schule vorbei war und die Straßen trocken lagen, spielten wir mit Kieselsteinen. Es gab genau wie bei den

Murmeln verschiedene Spiele, die Ausdauer, Treffsicherheit und ein feines Gespür für Höhe und Entfernung verlangten.

    Getrickst und geschummelt wurde bei jedem Spiel. Es gibt sogar einen Witz, dass selbst Jesus, der nicht einmal am Kreuz Wunder bewirken wollte, im Spiel doch der Versuchung nicht widerstehen konnte. Eines Tages, so erzählten die Kinder meiner Gasse, spielte Jesus im Himmel gegen Mohammed Backgammon. Als Jesus gegen seinen Rivalen schon so gut wie verloren hatte und der letzte Wurf ihn nicht einmal mehr mit einem Sechser-Pasch retten konnte, höhnte Mohammed: »Gib auf, Junge! Es hilft dir kein Wurf!« Sein breites Lachen aber erstarrte, als Jesus die Würfel lässig lächelnd auf das Brett warf: zweimal die Sieben! Mohammed kochte vor Wut. »Hör mal gut zu«, fauchte er, »das hier ist kein Wunder, das ist Betrug!«

Kreuzigung

Als Pfarrer Michail zu uns kam, bemühte er sich vom ersten Augenblick an, die katholische Gemeinde unseres Viertels aus ihrer Verschlafenheit zu wecken. Die orientalischen Christen waren noch nie sonderlich eifrig und die unseres Viertels fühlten sich ihrer Sache besonders sicher. Sie wohnten ja inmitten all der Heiligtümer, die andere Christen nur aus den Religionsbüchern kannten.

Das genügte dem eifrigen jungen Pfarrer jedoch nicht. »Eine christliche Insel überlebt in einem muslimischen Ozean nur, wenn sie sich über seine Wellen erhebt«, ermahnte er uns bei seinem ersten Gottesdienst von der Kanzel herab.

Zwei Kirchenchöre rief er ins Leben. Das verfallene Haus der christlichen Pfadfinder wurde renoviert und der alte Kassenwart erlebte den Ansturm seines Lebens. Zweiundsiebzig neue Mitglieder wollten lieber heute als morgen den richtigen Pfad finden.

Die Weihnachtskrippe mit den Windmühlen und fließenden Bächlein wurde zu einer solchen Attraktion, dass sogar Juden und Muslime in die Kirche kamen, um dieses seltsame, technisch perfekte Kunstwerk zu bewundern. Und die Prozession am 15. August, dem Tag von Mariä Himmelfahrt, geriet zu einer wahren Sensation. Am nächsten Tag stand ein Bericht darüber auf jeweils der ersten Seite aller Zeitungen, die damals in Damaskus erschienen.

Nur mit dem Osterschauspiel wollte es nicht so recht klappen. Die römischen Soldaten sahen viel zu schäbig aus. Abdo, der Schuster, hielt sie für Apachen und rief laut: »Jetzt kommt bestimmt John Wayne.« Die Leute lachten.

Und Nicola war der letzte, der Jesus spielen konnte. Aber sein Vater, der Kassenwart der Pfadfinder, hatte ihn durchgesetzt. Der vierzehnjährige Nicola war dick und gefräßiger als hundert Heuschrecken. Er kaute immer an irgendetwas herum. Auch an diesem Tag. Er kam von der Kirche, das leichte Kreuz geschultert und in der rechten Hand eine mächtige Gurke. Die im Gemeindehaus versammelten Gläubigen fanden bei diesem schmatzenden Darsteller keinen Zugang zu den Leiden Christi. Manche lachten, andere verdrehten die Augen. Als die römischen Soldaten die Nägel ins Kreuz schlagen wollten, rülpste Nicola. Raffiniert wurde er durch eine Schnalle vor dem Bauch am Kreuz befestigt. Er sollte die Füße auf eine Stütze stellen und mit den Händen die großen Nägel umklammern. Das Licht wurde gedämpft. Der dramatische Höhepunkt war gekommen: Das Kreuz wird aufgerichtet und Christus lässt seinen Kopf ganz langsam auf die linke Schulter sinken. Die ganze Szene sollte nicht länger als eine Minute dauern, dann sollte der Vorhang fallen. Dazu kam es aber nicht. Als die Soldaten das Kreuz aufrichten wollten, brach das billige und dünne Holz in der Mitte durch. Nicola erschrak fast zu Tode, verfluchte die Mütter der Soldaten und rannte von der Bühne. Die Leute tobten vor Lachen. Nur einer stand wie versteinert und grau vor Ärger da: Pfarrer Michail.

Im nächsten Jahr war alles anders. Jesus wurde diesmal von Dschamil, dem zwölfjährigen Sohn der Wäscherin Hanne, gespielt. Dschamil war hochgewachsen, dürr und hatte ein wunderschönes Gesicht. Er schleppte perfekt geschminkt das etwas schwerere Kreuz aus der Kirche und bahnte sich seinen Weg durch die Massen zur Bühne im Gemeindehaus. Eine schwere Stille legte sich auf die sonst lärmenden Gläubigen. Da und dort hörte man Frauen schluchzen, und gestandene Männer wischten verstohlen ihre Tränen ab.

Dschamil spielte die Rolle göttlich. Als zwei Frauen mit ihren weißen Kopftüchern Dschamils Gesicht abtupfen wollten, knurrte sie Pfarrer Michail an ihre Plätze zurück. Er ging gemessenen Schrittes, den Weihrauchbehälter schwingend, vor dem Kreuz her. Er war äußerst zufrieden.

Der Augenblick war so erhebend, dass Frauen und Kinder jetzt mit lautem Geheul Dschamils leidvollen Gang begleiteten.

Iskander, der Metzger, weinte als einziger Mann hemmungslos wie ein Kind und versuchte, das Kreuz heimlich von der Schulter des gequälten Christus zu heben. »Herr, wir verdienen dein Leid nicht«, rief er von Trauer überwältigt. Was seine Nachbarn ziemlich überraschte. Er war bekannt als gnadenloser Schläger.

Dschamil ging zur Mitte der Bühne, wo eine Kompanie von, nun durch eine Spende besser ausgerüsteten, römischen Soldaten auf ihn wartete. Sie banden ihn auf das Kreuz, und Dschamil rief mit brüchiger Stimme: »Vater, o Vater im Himmel, verzeih ihnen, denn sie wissen nicht, was sie tun.«

Eine Welle tränenreichen Schluchzens erhob sich im Saal, und nur einer fand Worte: Iskander. »Und ob sie es wissen, die elenden Hunde!«, rief er und stürmte los auf die Bühne. Er bahnte sich mit Schlägen einen Weg zu Dschamil, warf ihn über die Schulter und rannte mit ihm aus dem Saal.

Der Kinderrichter

Wasser, Luft und das sonnige Wetter verschafften der Insel G. bereits im neunzehnten Jahrhundert einen guten Ruf. Und so verwandelte sich die Fischerinsel in einen Erholungsort für Lungen- und Hautkranke und seiner äußerst sanft abfallenden Küste wegen zu einem Ferienparadies für Kinder. Die Insel, die im Winter kaum sechstausend Einwohner und einige hartnäckige Meeresanbeter zählt, schwillt im Sommer zu einer Bleibe für siebzigtausend Menschen an.

Lange musste die verschlafene Staatsgewalt nur selten eingreifen. Südländisch gelassen wanderten zwei beleibte Polizisten von Café zu Café und ließen sich ohne jede Hemmung zu allem einladen.

Doch mit der Zeit erlagen nicht nur inländische, sondern auch ausländische Touristen der Anziehung der Insel, wurde das Strandleben nervöser, denn Lautstärke, Freundlichkeit, Nachbarschaft und Gastlichkeit genießen in den verschiedenen Kulturen unterschiedliche Wertschätzung. Der Strand wurde immer dichter mit Sonnenschirmen belegt, um an Touristen noch mehr zu verdienen, und so kam es öfter zu Reibereien. Nicht selten lagen Füße und Spielzeug der einen Familie bereits unter dem Schirm der Nachbarn. Krach zwischen den Kindern war somit vorprogrammiert. Und langsam wurde der Strand zu einem Ort von Streitigkeiten und Rangeleien, als hätte das nervenberuhigende Jod keine Wirkung mehr. An manchen Tagen war es so schlimm, dass nicht nur ältere Touristen das Weite suchten, sondern auch die aufdringlichen Möwen davonstoben. Die Strandverwaltung erfuhr durch ihre Bademeister von den heftig streitenden Kindern, und man ersann umgehend die Stelle eines eigenen Richters, der den Strand auf und ab gehen und Kinderstreitigkeiten schlichten sollte. Der Kinderrichter war schnell gefunden, ein arbeitsloser Professor der Pädagogik.

Wenn er nicht umherspazierte, konnten die jungen Leute ihn unter seinem Sonnenschirm aufsuchen. Es war ein besonders großer, hoher Schirm mit einer roten Fahne, die man auch aus größter Entfernung erkannte.

Der Richter sprach zwölf Sprachen ohne Akzent und verstand die Kinder in zwanzig verschiedenen Sprachen.

Und in der Tat wurde der Strand wieder ruhiger, ja fast paradiesisch. Bald lernten die Kinder, schon im Vorfeld eines Streits zum Kadi zu gehen. Er schlichtete, ermahnte, drohte, verführte, beschwichtigte und tröstete unter Einsatz all seiner Kräfte. Manchmal sang er den Kindern etwas vor, manchmal tanzte er sogar mit den Streithähnen.

Eine Putzfrau merkte als Erste, dass mit dem Richter irgendetwas nicht stimmte. Sie sprach jemanden von der Verwaltung in Sorge um den Verstand des Richters an. Statt Alarm zu schlagen, erwiderte die Dame hinter dem Schreibtisch, das seien Dinge der Erziehung und Psychologie, von denen eine Putzfrau nichts verstehe. Sie solle lieber ihre Augen auf die Toiletten richten, da Gäste sich über den Gestank beschwert hätten.

Empört verließ die Putzfrau das Büro. Draußen atmete sie tief durch und brummte: »Arrogante Gans. Er tanzt doch auch, wenn kein einziges Kind da ist. Ob das Psychologie ist?«

Kinder haben eine besonders genaue Antenne für Verrückte. Sie spüren sie auf wie Jagdhunde die Hasen und Fasane.

Aber auch als die Kinder eines Tages lärmend hinter dem Richter herrannten und ihn mit allen möglichen Dingen bewarfen – der Richter warf sie jauchzend zurück –, hielten die Leute das für eine neue Methode der modernen Pädagogik.

Und selbst, als er mehreren Kindern abenteuerliche Frisuren als Belohnung für ihr Benehmen verpasste, dachten viele sich nichts dabei, zumal die Jungen und Mädchen große Freude an diesen wilden Frisuren hatten. Erst als er einen Boxring aufstellte und die Kleinen zum Kampf herausforderte und daraufhin einige von ihnen mit geschwollenen Augen und blauen Flecken zu ihren Eltern zurückkehrten, begriff die Verwaltung, dass der Professor eine Behandlung nötig hatte.

Seitdem spielen, streiten und versöhnen sich die Kinder auf der Insel G. alleine. Wer von den Erwachsenen die Geschichte des Richters kennt, überlässt die Kinder ihrer Kindheit, und wer von dem Kinderrichter noch nicht gehört hat, dem erzählt man diese Geschichte.

Lebenswege

In meiner Kindheit gehörte die Gasse mit all ihren Geheimnissen und Abenteuern uns Kindern. Sie war wie eine verschlossene Muschel, die nur Kennern eine Perle freigibt. Heutzutage hat die Straße keine Geheimnisse mehr, die Erwachsenen haben sie für sich beschlagnahmt, begradigt, verbreitet und ihren Zauber zerstört. Bleich und formlos wie eine verwitterte Muschelschale liegt sie nun da, offen und leer.

Wir waren wahrscheinlich als Kinder nie so satt, so verhätschelt, gegen jeden Schaden abgesichert wie die Mädchen und Jungen von heute. Und wir zögerten das Ende der Kindheit so lange wie möglich hinaus. Doch heute ist die Welt voller Pläne, wie man die Kinder am schnellsten zu Erwachsenen macht. Kindheit ist kein Zeitabschnitt, Kindheit ist ein Lebewesen, das nun nach und nach wie viele andere Lebewesen ausgerottet wird. Die Kinder der Welt gehören ihren Völkern nicht mehr. Sie sind ein über den Erdball verstreutes Volk, das nun, vom Volk der Erwachsenen unterworfen, unter den Bedingungen des Siegers lebt. Daran muss ich immer wieder denken, wenn ich durch deutsche Städte gehe und die Spielplätze der Kinder sehe. Es sind Reservate. Wir hatten noch richtige Bäume mit Früchten, Dornen und Blüten. Hier stehen merkwürdige Konstruktionen aus totem Holz, Kunststoff, Beton oder Stahl. In Damaskus gab es zu meiner Kindheit keinen einzigen Spielplatz. Die ganze Stadt war unser großer Abenteuerspielplatz.

Die Gasse gab uns alles: Trauer, Freude, Schmerz, Krieg, Frieden, Freundschaft, Feindschaft und noch mehr. Nur eins gab es nicht: Langeweile, die Quelle allen Unfugs. Wir veränderten uns ständig, genau wie die Straße auch – kein Baum, kein Hinterhof und kein Versteck blieb über die Jahre gleich. Aber all das verlor nie seinen Zauber, weil es sich immer erneuerte, oder weil wir es immer anders erlebten.

Große Gefahren lauerten überall auf uns, und manchmal denke ich heute, dass mein Schutzengel irgendwann an einem Herzinfarkt gestorben ist. Die Gasse hatte ihre strengen sozialen Regeln, sie war meine Erzieherin, erst an zweiter Stelle kamen meine Eltern. Unter jüngeren und älteren Kindern lernte ich Verantwortung zu übernehmen, die Grenzen der Freiheit und die Grundregeln des Umgangs miteinander zu achten. Und ich übte mich in vielen geistigen und sozialen Künsten: im Diskutieren, im Schlichten von Streitigkeiten, im Singen, im Rezitieren oder Erfinden von Versen, im Erraten von Zahlen, Namen und Orten, im Kartenspielen, im Zaubern und vor allem im Erzählen. Aber nicht nur unser Geist übte sich auf der Straße in den Fertigkeiten der Welt, sondern vor allem unser Körper: vom Kämpfen, Klettern und Purzelbäumeschlagen über das Murmelspiel, Bogenschießen, Drachensteigenlassen bis hin zum Fangen und Umarmen. Dort lernten wir die Sprache, die Freude und den Schmerz.

Neben Aramäisch und Arabisch lernte ich in der Schule Französisch und Englisch. Auf der Straße aber brachte mir mein Freund Nader eine geheime Sprache bei, die wir bald so meisterlich beherrschten, dass uns keiner mehr verstand. Was für ein Glücksgefühl! Immer wenn die Erwachsenen mal wieder alle Sprachen der Welt zu verstehen vorgaben, konnten wir uns verständigen, sie aber schauten uns verwirrt und hilflos an. In solchen Augenblicken fühlte ich mich wie ein Astronaut von einem anderen Planeten. Manchmal war ich auch Räuber oder König, Dichter oder Feuerwehrmann, Seemann oder Wüstenreiter, verliebter Held oder enttäuschter Verlierer. Nur meine Eltern nannten mich »Kleiner«, sie wussten nichts von all meinen Fantasien, die für mich wirklicher waren als ihre ganze Realität.

Der Mensch

Es waren einst zwei weise Mönche, die auf zwei benachbarten Bergen zurückgezogen lebten. Sie führten das rauhe, entbehrungsreiche Leben der Einsiedler. Einmal im Jahr besuchte der eine den anderen, und sie sündigten einen ganzen Tag lang. Im Grunde war ihre Sünde harmlos, denn die beiden taten keiner Seele weh, sondern aßen an diesem Tag reichlich und tranken eine Unmenge Wein, sangen derbe Lieder und schimpften kräftig. Sie wollten jährlich einmal in ihrer Erinnerung das wachrufen, worauf sie sonst verzichteten. Vielleicht auch, um Gott zu zeigen, wie sehr sie ihn an den übrigen dreihundertvierundsechzig Tagen liebten. Wie dem auch sei, eines Tages stritten sich die beiden, ob der Mensch im Grunde seiner Seele böse oder gut sei.

Es war nicht das erste Mal, dass es zu einer Auseinandersetzung kam. Der Streit dauerte lange, und da in ihrer Einöde selten Menschen vorbeikamen, beschlossen sie, in die Welt hinauszugehen und zu prüfen, ob der Mensch ein gutes oder böses Wesen sei. Sie vereinbarten, sich im nächsten Jahr zur selben Zeit am selben Ort wiederzutreffen.

Die Mönche trennten sich. Der Mönch, der die Menschen für gute Wesen hielt, ging gen Osten und predigte Menschenliebe. Doch die Menschen bespuckten ihn und warfen ihn ins Gefängnis, wo er den schlimmsten Qualen ausgesetzt war, aber er gab nicht auf, weil er in seinem Herzen die Menschen liebte. Sobald er freigelassen wurde, predigte er wieder Liebe und Aufrichtigkeit und erntete erneut Gelächter und Ohrfeigen. Nach drei Verhaftungen lieferte man ihn in der Irrenanstalt ein, wo er fast ein halbes Jahr qualvoll verbrachte. Er war froh, eine Woche vor der besagten Verabredung entlassen zu werden, und eilte in die Berge.

Wie groß die Freude der beiden Mönche über das Wiedersehen war, kann ich nicht beschreiben. Der Mönch, der die Menschen für böse, zweibeinige Bestien hielt, strotzte vor Gesundheit, öffnete einen großen Sack und stellte Wein, luftgetrockneten Schinken und einen großen Käselaib auf den Tisch. Zwei herrliche Brote, Tomaten und Gurken gesellten sich aus einem zweiten Sack dazu. »Du hast recht gehabt«, fing er an, während sein Freund, vom Hunger überwältigt, große Stücke vom Käselaib und Schinken in sich hineinstopfte, »wie sehr muss ich mich dafür schämen, dass ich die Menschen für so böse hielt. Als wir uns damals trennten, eilte ich gen Westen. Ich wanderte durch viele Länder und beschimpfte die Menschen, damit sie ihr wahres böses Gesicht zeigten, doch ich wurde immer warmherzig empfangen oder ängstlich gemieden. Eines Tages trat ich durch das Tor einer Stadt und schrie den Passanten ins Gesicht: ›Verbrecher, Nichtsnutze, elende Hunde!‹ Statt Ohrfeigen und Tritte erntete ich Jubel. ›Endlich kommt einer, der ungeschminkt die Wahrheit sagt‹, antworteten sie und führten mich zum König.

›Was hältst du von mir, großer Prophet?‹, fragte er mich.

›Von dir halte ich so viel wie von einem Esel!‹, sagte ich. Ich wusste nicht, dass die Leute in jener Stadt den Esel anbeteten.

›Wirklich?‹, fragte der König gerührt.

›Ein Esel und der Sohn eines Esels bist du!‹, rief ich, weil ich seinen letzten Zorn herausfordern wollte.

›Mein Gott! Wiegt ihn in Gold auf!‹, rief der König. ›Und wo finde ich mein Glück?‹, fragte er mich hoffnungsvoll.

›Am Arsch der Welt!‹, antwortete ich, ohne zu wissen, dass in jenem Land eine ferne Gegend diesen Namen trug. Nun schickte der König seine Leute aus, und sie gruben die Erde um auf der Suche nach dem Glück des Königs und fanden einen großen Schatz aus Gold und Juwelen. Ich wurde auf Händen getragen, doch meine Seele gehört den Bergen, und hier bin ich, um dir zu sagen, dass du recht hattest.«

»Ich soll recht gehabt haben?«, entsetzte sich der andere und nahm einen kräftigen Schluck Wein. »Der Mensch ist das böseste, verfluchteste und undankbarste Wesen dieser Erde«, schimpfte er, und die Mönche konnten sich wieder nicht einigen. Sie sündigten aber gemeinsam den ganzen Tag und trennten sich in der Hoffnung, sich ein Jahr danach wiederzutreffen.

Das letzte Wort des Nikolaus

Es war nicht einfach für den alten Nikolaus. Drei Wochen lang schaffte er es, nachts von der vorderen Reihe in die hintere zu wechseln. Die anderen starrten ihn mit ihrem toten Blick an.

»Wie macht er das bloß?«, fragte manchmal ein jüngerer Nikolaus neidisch, doch noch ehe er die Antwort gefunden hatte, griff die Hand der Bäckerin nach ihm, stopfte ihn in eine Papiertüte und übergab ihn seinem Schicksal.

»Der Nikolaus mit der schiefen Nase« hieß der alte Nikolaus auf dem Regal unter seinen nikoläusischen Ebenbildern. Seine Nase war nicht schief, das wusste er, aber eine Falte im Stanniolpapier ließ sie so erscheinen.

Die Entdeckung, dass das Regal sich nach hinten zum Mauerwerk neigte, rettete ihm das Leben. Er wunderte sich, dass die anderen nicht auch schon längst darauf gekommen waren. Oder hatten sie nur Angst vor den Konsequenzen? Er fühlte sich durch das Wissen um dieses Geheimnis erhabener als die anderen, obwohl er auf Millimeter und Gramm genau den drei Millionen Nikoläusen glich, die das Fließband der Schokoladenfabrik bereits im Spätsommer verließen, um die Adventszeit und Weihnachten zu versüßen. Aber er wollte im Gegensatz zu den anderen hier in der Bäckerei bleiben.

Mindestens zwei Zentimeter lag die Vorderkante höher als das in der Wand verankerte Ende. Der alte Nikolaus hatte es durch einen Zufall entdeckt. Einen ganzen Tag lang stand er in der ersten Reihe auf dem Regal und konnte jede Sekunde gegriffen werden. Jeder Stoß ließ ihn jedoch auf dem Brett, auf dem die Schokoladenmänner standen, etwas nach hinten rutschen, und ihm wurde bald klar, dass dieses Rutschen einer Gesetzmäßigkeit folgte. Er verriet es niemandem und wartete, bis es Nacht wurde. Nach Ladenschluss kam dann der große Augenblick. Er musste sich selbst einen Ruck geben und hin- und herschwingen, dann tat die Neigung des Regals das Übrige. Er rutschte atemlos durch eine Lücke, stieß einen anderen Nikolaus mit Wucht zur Seite und fand an der Wand Halt. »Geschafft«, flüsterte er erleichtert.

Doch immer wieder ordnete einer der Verkäufer das Regal neu und schob die älteren Schokoladenfiguren nach vorne. Jede Nacht jedoch warf der alte Nikolaus sich mutig ins Zeug, versuchte präzise zwischen den steif herumstehenden Kollegen hindurchzugleiten, bis er die rettende Mauer erreichte. Und niemand konnte sich erklären, weshalb am Morgen oft einiges auf dem Regal durcheinanderlag. Nur der Nikolaus mit der schiefen Nase wusste es und lachte leise.

Doch je näher Weihnachten heranrückte, desto stärker lichteten sich die Reihen. Das machte dem Alten Sorge, denn die Bäckerei bestellte keine neuen Nikoläuse nach, die vor ihm einen Schutzwall hätten bilden können.

Da machte er seine zweite Entdeckung. Die eisige Kälte zwang den Bäcker, eine weitere Heizung im Verkaufsraum anzustellen. Nikolaus, der Wärme noch nicht kannte, wunderte sich neben dem vor Kurzem noch kalten Metallrohr über dieses neue Gefühl, das von außen kam und einen innen so behaglich weich werden ließ. Und bald entdeckte er, dass die Wärme eine Zauberwirkung auf ihn hatte. Er konnte mit einem Mal seinen Bauch einziehen und aufblasen, und als die Verkäuferin am Abend vor den übrig gebliebenen Nikoläusen bunt eingewickelte Kugeln aus Schokolade aufreihte, kam ihm der nächste rettende Einfall. Nach Ladenschluss formte er sich langsam zu einer Kugel.

»Was macht der denn?«, fragte einer der anderen drei Männer in Stanniol kurz bevor es völlig dunkel wurde. Aber er bekam keine Antwort. Am nächsten Morgen wurden er und die anderen zwei weggenommen und landeten im Korb für Sonderangebote vor der Ladentheke. Und schon bald raschelten Papiertüten mit den billigen Nikoläusen. Den Alten aber entdeckte keiner, denn er war so kugelrund wie die anderen Figuren um ihn herum. Doch schon nach kurzer Zeit war das Regal wieder fast leer.

Wie erleichtert war er, als es plötzlich mit neuen rundlichen Wesen vollgestopft wurde. Er betrachtete sie lange, und noch in derselben Nacht begann er behutsam, aber entschlossen sich dem neuen Volk auf seinem Brett anzugleichen. Nur langsam erkannte er, dass es sich bei den neuen Nachbarn um Tiere handelte, die zwei spitze lange Ohren hatten. Seine Arbeit war mühselig und der Nikolaus musste sich ungeheuer anstrengen, um seinen Kopf an das warme Rohr zu halten und dann mit Bedacht die Ohren hochzuschieben, ohne das Stanniolpapier zu beschädigen. Es war schon früh am Morgen, als er sein Werk vollendet hatte. Erschöpft wackelte er ein paar Zentimeter vom Rohr weg. Ein Osterhase stürzte dabei vom Regal und ging zu Bruch. Gerade wollte sich der Nikolaus ein Nickerchen zur Erholung gönnen, als er einen festen Griff spürte. Er wurde in eine große Papiertüte verfrachtet und sah erschrocken sieben Hasenkollegen neben sich.

»Wenn man Pech hat«, rief er verzweifelt, »helfen nicht einmal lange Ohren.«

Saids Rad

Mein Nachbar Said ist der geizigste Mensch im christlichen Viertel. Schon als Kind prophezeiten ihm nicht nur die Klugen, sondern auch die Dümmsten, dass er eines Tages ein großer Händler sein werde. Händler wurde er zwar, doch kein großer, denn Geiz ist in gewisser Hinsicht »antihändlerisch«, und das goldene orientalische Prinzip – verfüttere neun Piaster, damit du den zehnten verdienst – war für ihn der Urgrund zur Sünde. Er fütterte nichts und niemanden, deshalb blieb er ein Kleinkrämer.

Er war nur ein Jahr älter als ich und so spielten wir oft gemeinsam in der Nachbarschaft. Er spielte aber nur mit unseren Murmeln, Tretrollern und Fahrrädern. Seine Spielsachen führte er immer wieder in ihrem fabrikneuen Glanz vor und ließ sie dann irgendwo verschwinden, um sie später – nicht selten in der Originalpackung – gewinnbringend zu verkaufen.

Wenn wir etwas gefunden hatten, einen Draht, einen Ball oder eine Glühbirne, und selbst nicht gebrauchen konnten, fragten wir so lange die Kinder der Gasse und ihre Eltern, bis wir jemandem mit dem Fund eine Freude machen konnten. Nicht aber Said!

Wenn er etwas für ihn Unbrauchbares fand, trug er es zu den Trödlern, und wenn die den Kopf schüttelten, zerstörte er den Gegenstand, damit ihn niemand mehr verwenden konnte. Und zur Sicherheit warf er ihn in irgendeine Ruine oder in einen verlassenen Garten, damit niemand ihn findet, bevor nicht der Zahn der Zeit an ihm genagt hatte. Said war darauf stolz und verhöhnte uns jedes Mal breitmäulig lachend.

Eines Tages fand er ein Eisenrad – klein, verrostet und bar jeder Schönheit. Die Trödler wollten es nicht einmal als Altmetall annehmen, und mit nach Hause durfte er keinen Schrott bringen. Er holte den großen Hammer seines Vaters und schlug auf das robuste Rad ein. Aber nicht lange! Nach dem dritten Schlag brach der Hammergriff auseinander. Wütend und eine herbe Bestrafung erwartend, verfluchte Said das Rad, schleuderte es in hohem Bogen über eine Mauer, die eine verfallene Kirche umgab, und rannte davon. Wir blieben stehen und schauten ihm nach, da hörten wir einen Schrei von der anderen Seite der Mauer. Said war noch nicht einmal fünf Schritte entfernt, aber offenbar hatte er nichts bemerkt. Er drehte sich nicht um.

Gleich darauf ging eine Tür auf, die seit einer Ewigkeit verschlossen war. Der Pfarrer der Gemeinde trat auf die Straße, stützte einen vornehmen Mann und rief: »Holt schnell Doktor Malas!«

Der vornehme Mann, so stellte sich heraus, war ein Architekt, der im Auftrag des Bischofs das Gelände inspizierte. Er blutete stark am Kopf, dort, wo ihn das Rad mit voller Wucht getroffen hatte.

Bald eilte auch ein Polizist herbei, der dann, das Rad in der Hand, bei Saids Familie an die Tür klopfte.

Vom langsamen Sadik und vom schnellen Ruf

Wenn ich als Kind durch irgendetwas auffiel, dann durch meine Langsamkeit. In allem war ich langsam. Meine Mutter sagte immer, ich würde mich beim Essen von jedem Reiskorn einzeln verabschieden, und bevor ich zwei Bissen gekaut hatte, war die Familie schon mit dem Essen fertig. Auch beim Sprechen war ich unendlich langsam. Ich dachte viel nach und fand eine Pause mitten im Satz gar nicht schlecht. Ich wollte meiner Freundin imponieren und erzählte ihr, dass ich von einem Berg zum anderen fliegen könnte. Ihre Augen weiteten sich vor Entsetzen. »Du lügst ja!«, rief sie und rannte davon, bevor ich die Zeit fand, ihr zu sagen, dass ich das könnte, wenn ich ein Vogel wäre.

Bald machten halbe Sätze von mir die Runde in der Gasse, die vollständig die harmlosesten Aussagen der Welt gewesen wären. Aber halb ausgesprochen hörten sie sich wie die dicksten Lügen aller Zeiten an. Was sollten die Leute auch von dem Satz halten, ich könnte drei Tage lang unter Wasser leben – wenn sie nicht den Schluss hörten, den ich nach einer Pause sagte: »wenn ich ein Fisch wäre.«

Ob alt oder jung, alle Nachbarn, Freunde, Verwandten und Schulkameraden wussten immer schon im Voraus, dass ich lügen würde, sogar wenn ich auf eine Frage nur den Kopf schüttelte. Wenn ich den Mund aufmachte, war es sowieso sicher. Seit dieser Zeit heiße ich: Sadik, der Lügner.

Hatte ein Mensch in unserer Gasse erst einmal seinen Ruf weg, so konnte er daran nichts mehr ändern. Manche bemühten sich zu Lebzeiten verzweifelt, den ihnen einmal aufgedrückten Stempel wieder loszuwerden, sie ackerten und schwitzten im Kampf gegen ihren schlechten Ruf. So auch der Nachbar Fuad, der einmal wegen eines Missverständnisses »Geizhals« genannt wurde und sich jahrelang mit einer beispiellosen Großzügigkeit gegen diesen Ruf wehrte. Seine Gastfreundschaft hatte ihn fast ruiniert. Und als er im Sterben lag, hoffte er, dass sich die Leute nach seinem Tod seiner Großzügigkeit erinnern und ihn von dem hässlichen Ruf eines Piastermelkers befreien würden. Er spürte sein Ende kommen und atmete tief ein, um einen letzten bedeutsamen Satz auszusprechen. »Sparen ist überflüssig!«, wollte er wohl sagen, doch nach dem Wort »Sparen« starb er. Die Leute schauten sich entsetzt an. »Dieser Geizhals!«, riefen viele. »Sogar auf dem Sterbebett will er noch sparen!«

Großvaters Salz

Ich war zehn Jahre alt, als ich zum ersten Mal das Meer sah. Fasziniert saß ich Stunde um Stunde auf einem Felsen unterhalb des Erlöserklosters. Tags zuvor war ich hierher gekommen, denn mein Vater wollte einen Pfarrer aus mir machen. Ich schaute aus der Höhe dem Spiel der Wellen zu. Eine Woche später entdeckte ich in der Bibliothek des Klosters einen Bildband über das Mittelmeer.

Auf großformatigen Fotos und in leuchtenden Farben waren darin die Unterwasserlandschaft und die Tierwelt, die Amphoren und Schiffswracks zu sehen. Vor allem aber verliebte ich mich in das geheimnisvolle Blau des Meeres.

Ich spielte gerne am Strand, wann immer es möglich war. Dann lernte ich schwimmen und mich wunderte, ja erschreckte der salzige Geschmack des Wassers.

In den Sommerferien kehrte ich nach Damaskus zurück. Und wie jedes Jahr flüchteten meine Eltern mit uns Kindern vor der Hitze der Großstadt in unser Heimatdorf Malula in den Bergen.

Eines späten Nachmittags saß ich mit meinem Großvater auf der Terrasse. Er pflegte kurz vor Sonnenuntergang eine große Kanne Kaffee zu trinken, der mit Kardamom gewürzt war und köstlich duftete. Ich liebte diesen Mann nicht nur seiner unendlichen Güte wegen, sondern auch, weil er sehr witzig war.

»Erzähl mir vom Meer, Großvater«, bat ich ihn.

Er lächelte. »Ich kann dir nicht viel vom Meer erzählen. Frag lieber deine Großmutter. Sie stammt aus Latakia, der Hafenstadt im Norden.« Doch Großmutter war für drei Wochen bei ihren Verwandten am Meer, und gleich nach ihrer Rückkehr würde ich wieder ins Kloster zurückmüssen. Als ich mich deswegen beklagte, nickte Großvater verständnisvoll und nahm einen kräftigen Schluck Kaffee. »Das Meer«, flüsterte er und verfiel in langes Schweigen. »Das Meer ist so eine Sache«, fuhr er nach einer Weile fort. Er stand auf: »Dort hinter den Bergen liegt das Mittelmeer.« Er setzte sich wieder, aber diesmal so, dass seine Augen auf das zweihundert Kilometer entfernte Wasser gerichtet waren.

»Vom Mittelmeer kann ich dir nur eine kleine Geschichte erzählen. Vor vierzig Jahren wollte ich dem Ersten Weltkrieg entfliehen und nach Amerika auswandern. Aber als ich dann das Meer sah und erfuhr, dass hinter diesem gewaltigen Wasser ein noch mächtigerer Ozean liegt, den ich überqueren musste, um nach Amerika zu gelangen, beschloss ich, im Hafen zu bleiben. Ich pachtete eine Kneipe. Abend für Abend hörte ich die Aufschneidereien der Matrosen, Schmuggler und Abenteurer. Eines Tages lockte mich ein Engländer mit viel Geld, ich sollte mit ihm nach Zypern fahren und von dort Gold und Waffen für Lawrence von Arabien nach Beirut schmuggeln. Ich stieg also in sein morsches Boot. Ich konnte nicht schwimmen und das Meer war aufgewühlt ...«

Großvater erzählte mir eine unendlich lange Geschichte und er war dabei so aufgeregt, dass seine Stimme zwischendurch heiser wurde. Er erlebte dieses Abenteuer noch einmal, in dessen Verlauf er fast ertrunken wäre, hätte ihn nicht ein Delfin ans rettende Ufer gebracht ...

»Und seitdem«, schloss er, »kommt immer Salz aus meiner Haut, wenn ich vom Meer erzähle.« Er streckte mir lächelnd seine gefurchte braune Hand entgegen. »Probier mal.«

Ich leckte vorsichtig. Es schmeckte salzig wie das Meer am Fuße des Erlöserklosters.

Das Scheu

Ob das Scheu ein Tier der Lüfte, der Erde oder des Wassers war, weiß ich nicht. Warum soll ich lügen? Mein Großvater hat es mir nicht verraten. Nun, das Tier war so scheu, dass es jahrhundertelang auf der Erde lebte, ohne dass die anderen Tiere es kennenlernen konnten, eben weil es sich immer versteckte.

Am Anfang waren die Weibchen und die Männchen gleich scheu gewesen, doch die Weibchen neigten immer mehr zum scheueren und dann nur noch zum scheuesten Männchen, und so kam es zu einer Auslese – so wie die Männchen bei den Vögeln immer bunter, bei den Löwen immer mutiger und bei den Büffeln immer kräftiger wurden, weil die Weibchen ihnen dazu verholfen haben. Von Generation zu Generation wurden die Nachkommen des Scheus immer scheuer, sodass sie nur noch, wenn es sich gar nicht mehr vermeiden ließ, in der Nacht kurz auftauchten und dann wieder verschwanden. So geschah es, dass die Tiere immer weniger wurden, weil Weibchen und Männchen kaum zueinanderfanden, und man erzählt, dass der allerletzte Nachwuchs im Bauch der Mutter blieb, da er zu scheu war, um auf die Welt zu kommen.

Wäre mein Onkel Gibran als Tier geboren, so wäre er mit Sicherheit ein Scheu geworden.

Jeden Sonntag kam er uns besuchen. Das heißt, er kam nicht allein. Seine Frau Rosa begleitete ihn. Meine Mutter sagte, ihr Bruder Gibran könne überhaupt nicht ohne Rosa gehen. Er lief immer hinter ihr her, und wenn Tante Rosa unser Wohnzimmer betrat, sagte sie leise: »Gibran, setz dich dahin!« Onkel Gibran saß manchmal drei und einmal sogar sechs Stunden auf seinem Sessel, bis Tante Rosa meiner Mutter ihren ganzen Kummer erzählt und beim Tratsch keinen der Verwandten vergessen hatte.

Onkel Gibran trank seinen Kaffee, die Limonade oder den Tee schweigsam, nahm bei jedem Besuch nur einen einzigen Keks vom Teller und aß diesen bedächtig.

Tante Rosa redete und redete, bis ihr die Worte ausgingen, dann drehte sie sich zu Onkel Gibran um und sagte: »Gibran, es ist spät. Wir halten deine Schwester nur auf! Wir gehen!«

Onkel Gibran sagte dann leise: »Ja«, stand auf und ging hinter Rosa her.

Er war ziemlich groß, und als hätte er Angst, dass alle Türen zu niedrig wären, ging er immer leicht gebeugt. Überhaupt war alles an ihm groß: seine Hände, seine Füße und seine gewaltige, wie der Schnabel eines Adlers gebogene Nase. Anders als die anderen Männer, die sich gerne bunt anzogen, trug Onkel Gibran immer Schwarz. Ein schwarzes Kopftuch, eine schwarze Jacke, ein schwarzes Hemd, eine schwarze Hose und schwarze Schuhe.

Seine schwarzen Augen unter den dichten pechschwarzen Augenbrauen und diese edle große Adlernase ließen ihn so furchterregend aussehen, dass manche Kinder der Nachbarschaft anfingen zu weinen und zu ihren Müttern rannten, sobald Onkel Gibran in unserer Gasse erschien. Vor allem die Narben in seinem Gesicht sahen verwegen und gefährlich aus. Doch er tat nichts, außer auf dem Sessel zu sitzen, Tee, Kaffee oder Limonade zu trinken und einen einzigen Keks zu essen.

Ich fragte mich, wo er sich diese rätselhaften Narben bloß geholt haben konnte, wenn er immer nur Tante Rosa folgte und nur einen einzigen Keks aß.

Eines Tages kam er wieder zu Besuch, setzte sich wie immer ruhig hin und trank seinen Kaffee. »Woher hast du die Narben, Onkel?«, fragte ich ihn. Er lächelte mich an und wollte vielleicht antworten, aber Tante Rosa war schneller. »Tja, er ist nicht so harmlos, wie er tut. Ein wilder Räuber ist er, und ein Räuber wird oft verletzt. Doch selbst wenn die Wunde so tief und breit ist, dass der Mond darin Platz hätte, so nennt er das nur eine Schramme, nicht wahr, mein Gibran?«

»Ja, ja«, antwortete Onkel Gibran und lächelte verlegen.

In meinem Herzen verfluchte ich die Tante und wünschte ihr drei Knoten in die Zunge. Als sie mit Onkel Gibran gegangen war, fragte ich meine Mutter, was ihr Bruder nun wirklich gewesen sei. Sie war etwas überrascht von meiner Frage. »Ja, mein Bruder Gibran war ein Räuber.« So erfuhr ich alles.

Bei seinen ersten Überfällen stotterte Onkel Gibran und war so scheu, dass er mit hochrotem Kopf und leeren Händen das Weite suchte. Stark war er, aber er genierte sich, den einfachsten Satz auszusprechen, nämlich: »Das ist ein Überfall! Her mit dem Geld!« Er war schon fast verhungert, als er auf die rettende Idee kam, mit der er zum klügsten Räuber aller Zeiten wurde, denn er war der einzige Räuber auf der Welt, der nicht hinter den Leuten, Kutschen und Karawanen herrannte, sondern geduldig wartete, bis sie zu ihm kamen. Kein Mensch auf dieser Welt hatte seine Geduld.

Nicht weit von der Straße stellte er sich als bunte Vogelscheuche hin und wartete. Er stand regungslos, manchmal einen Tag und nicht selten eine Woche. In der Kälte genauso wie im Regen oder unter sengender Sonne. Sobald er Menschen sah, machte er eine kleine Bewegung, die die Aufmerksamkeit der Betrachter auf ihn lenken sollte. Die Vorbeigehenden hielten an und rätselten, ob sie es sich eingebildet hatten oder ob sich die Vogelscheuche tatsächlich bewegt, sich am Kopf gekratzt oder genickt hatte. Wenn bei einem von ihnen dann die Neugier siegte und er näher kam, packte ihn Gibran mit seiner kräftigen Hand plötzlich am Hals, nahm ihm seinen Geldbeutel ab und machte sich blitzschnell davon, bevor sich der Beraubte von seinem Schreck erholen konnte.

Und dann geschah Folgendes: Tante Rosa reiste als junge Frau eines Tages mit einer Kutsche von ihrem Dorf nach Morgana und erblickte die Vogelscheuche. Meine Mutter sagte, Tante Rosa sei in diesem Alter sehr neugierig gewesen.

Wie gesagt, Tante Rosa sah die Vogelscheuche und war fest überzeugt, dass sie

ihr zugewunken hatte. Rosa winkte zurück und erntete das Gelächter der Mitreisenden. Das machte sie wütend. »Haltet an!«, befahl sie. Die Kutsche hielt an, und Tante Rosa wettete, dass sie mit der Vogelscheuche zurückkommen und diese vor den Fahrgästen fragen würde, ob sie ihr zugewunken habe oder nicht. Die Reisenden bogen sich vor Lachen, und der Kutscher rief ihr nach: »Dann darf deine Vogelscheuche bis Morgana umsonst mitfahren.«

Rosa näherte sich dem reglos dastehenden Gibran. Als sie schließlich vor ihm stand, passierte es: Er sah ihre Augen und fühlte sich zum ersten Mal in seinem Leben einsam.

Rosa kehrte mit Gibran zur Kutsche zurück. Den Fahrgästen wurde schlecht, aber sie rückten auf ihren Sitzen zusammen, um dem neuen Fahrgast, der stark nach Vogelmist und Schweiß roch, Platz zu machen.

Von diesem Tag an arbeitete Onkel Gibran in einer Gießerei und verdient nun schon seit dreißig Jahren auf ehrliche Weise sein Geld für sich, seine Frau und seine neun Kinder. In den ersten Jahren überfiel ihn oft die Sehnsucht nach seinem Vogelscheuchendasein. Dann stellte er sich steif und mit ausgebreiteten Armen ins Wohnzimmer, bis Tante Rosa ihn entdeckte und rief: »Gibran! Steh nicht da wie eine Vogelscheuche!« Und Onkel Gibran sagte beschämt »Ja, ja« und setzte sich in eine Ecke.

Schlange stehen

Als ich gelernt hatte, jederzeit die Himmelsrichtungen zu bestimmen, flüchtete ich eines Nachts und erreichte sicher und im Vorgefühl kommenden Glücks Sania. Und ich hatte mich nicht getäuscht: In Sania lernte ich eine gute Frau kennen.

Sie hieß Sa'ide, das bedeutet »die Glückliche«, und als ich ihr auf dem Markt sagte, lass uns zusammensein, denn Glück und Unglück geben Leben, lachte sie, und beim Lachen verliebte sie sich in mich. Seitdem leben wir im Paradies und haben zehn Kinder. Der Älteste ist fünfzehn, die Jüngste fünf. Ich habe oft den Beruf gewechselt, aber vor fünf Jahren stießen meine Frau und ich durch Zufall auf eine wahre Goldgrube: Meine Kinder und ich verkaufen Plätze in Warteschlangen.

Ihr wisst, dass wir nicht nur Maschinen und Medikamente, sondern auch das Schlangestehen aus Europa importiert haben. Das Schlangestehen importierte unsere Regierung aus den ehemaligen Ostblockländern. Dort hat man es erfunden, um die Menschen zu erziehen und von dummen Gedanken abzuhalten. Ich weiß nicht, warum, aber Araber können nicht Schlange stehen. Unsere Regierung ließ Experten aus Moskau kommen, aber die wurden bald verrückt, denn es gelang ihnen zwar mit Mühe, eine Schlange aus Menschen zu bilden, deren einzige Aufgabe es war, ein paar Minuten ruhig stehen zu bleiben, doch sobald die Experten sich umdrehten, verwandelte sich die ruhige Schlange in einen wilden, schreienden Haufen. Vielleicht liegt es an der Hitze oder an unseren weitverzweigten Familien und Sippen, nur Gott kennt den Grund. Ein Experte nach dem anderen musste krank und entkräftet nach Hause geschickt werden. Jeder von ihnen war als Freund gekommen und kehrte als Feind der Araber in seine Heimat zurück. Auch Strafen und Drohungen halfen nicht. Erst als die Regierung ein Gesetz erließ, das den Handel mit Plätzen in Warteschlangen erlaubt, regelte sich alles von alleine. Seitdem halten unsere Schlangen sogar länger als die in Moskau. Denn nun respektieren alle den Platz, für den man bezahlt hat, und lassen es nicht zu, dass einer mir nichts, dir nichts nach vorne stürmt und einem anderen die erkaufte Position wegnimmt. Es regelt sich auch ohne Polizei. Immer wieder versuchen ein paar Hartnäckige, diese schöne Ordnung zu stören, aber sie werden mit Fußtritten und Ohrfeigen wieder ans Ende der Schlange befördert. Und meine Kinder helfen kräftig mit, denn wir haben noch nie so gut gelebt wie seit der Einführung der Warteschlange.

Ich stehe morgens um vier Uhr auf und wecke alle meine zehn Kinder. Wir frühstücken schnell und eilen zu dem Ort, der an diesem Tag von besonders vielen Menschen aufgesucht wird. Das ist manchmal eine Verkaufsstelle für Lebensmittel oder Brennstoff oder Kleider, manchmal ein Kino, in dem ein weltberühmter Film läuft. Nur Gott und ein paar zuverlässige Informanten wissen, was am nächsten Tag der Renner sein wird. Nie sind zwei Tage gleich. Es gibt natürlich auch bei uns Schlangenplatzhändlern Täuschung und Irreführung der Konkurrenz, aber das ist schließlich in jedem Beruf so.

Meine Kinder stehen immer schon Stunden vor der Zeit ganz vorne in den Warteschlangen, die guten Gewinn versprechen, und ich lauere auf Kundschaft. Mit den Jahren habe ich auch einen siebten Sinn dafür entwickelt, wie eilig es ein Kunde hat, auch wenn er so tut, als hätte er alle Zeit der Welt und kein Interesse an einem vorderen Platz. Alles nur Bluff. Wer zur Hochzeit kommt, will feiern. Ich rieche die Ungeduld, wie ein Hund Angst wittert. Die Plätze haben keinen einheitlichen Preis. Vorne ist natürlich teurer als hinten, bei Hitze erhöht sich der Preis und kurz vor dem Ausverkauf ebenfalls. Und ich muss den Preis dem jeweiligen Andrang anpassen – wenn einer der Fünfzigste ist, zahlt er für den dritten Platz nicht so viel wie einer auf Platz zweihundertsiebzig. Sobald ich den Platz eines meiner Kinder verkauft habe, stellt es sich wieder ans Ende der Schlange. Ich versorge meine Kinder mit Essen und Getränken, Zeitschriften und Witzheftchen, damit ihnen das Herumstehen Spaß macht. Und ich brauche mich nicht zu verstecken. Wir üben ganz legal einen Beruf aus. Ich verkaufe unsere Geduld an Ungeduldige. Aber ich lasse mit mir handeln, und meinen Stammkunden, die immer bei mir und nicht bei der Konkurrenz kaufen, gebe ich gerne Rabatt. Konkurrenz gibt es inzwischen genug, und wer früh erfahren will, welche Orte am nächsten Tag rentabel sein werden und welche nicht, muss erst mal bei einem Informanten Schlange stehen. Der beste Informant aber, das kann ich verraten, ist meine Frau ...

Das Tunk

Wenn sich Gier und Neugier vermählen könnten, so hätten sie nichts anderes als das Tunk zur Welt gebracht. Was für ein Glück, dass dieses Tier nicht mehr unter uns weilt. Das lästige Tunk war nämlich das einzige Tier auf der Erde, das in allen Größen vertreten war. Das kleinste Ungeheuer dieser Gattung war nicht größer als eine Mücke. Das zeigen Abdrücke im Schiefergestein Südenglands. Das größte Exemplar war so groß wie zwei Elefanten zusammen. Seine Überreste entdeckte man in Südbrasilien. Man fand dort Abdrücke seines Rüssels und die Hälfte der dritten linken Rippe, und die Wissenschaftler waren absolut sicher, dass diese Reste nur von einem Tunk stammen konnten. Die Todesursache war typisch, ihre Merkmale wurden bei Tausenden von Tunkskeletten gefunden: eingeklemmter Rüssel zwischen zwei Felsen oder Ästen mittels eines von fremder Hand herbeigeführten Knotens.

Diesen typischen Knoten, der am Ende eines Rüssels immer wieder und in allen Größen gefunden wurde, nennen Paläontologen bis heute Tunkknoten. Prachtvolle Exemplare dieses Tunkknotens wurden in Sibirien unter einer zehn Meter dicken Eisschicht so frisch aufbewahrt, als wäre das Tunk gerade gefangen worden. In der südlichen Sahara hat die Hitze ein paar Exemplare so gut konserviert, dass keine einzige Falte verlorenging.

Das Tier bekam seinen bezeichnenden Namen von seiner lästigen Eigenschaft, seinen Rüssel aus Gier und Neugier überall hineinzutunken. Es wollte alles beschnüffeln und probieren. Man konnte sich vor ihm nicht schützen, denn das Tunk war überall. Die Tiere und später die Menschen konnten sich nur wehren, indem sie das Tunk erlegten oder es verführten, seinen Rüssel durch einen schmalen Spalt zu stecken. Das erreichte man durch Geflüster und Gekicher hinter einem Felsen oder in einem Baum, und schon nach kurzer Zeit war ein Rüssel da. Manchmal lockte man das Tunk auch durch Rösten von neuen Kräutermischungen, die das Tunk noch nicht kannte, und auch da dauerte es nicht lange, bis sich der erste Rüssel meldete. Die Neugier des Tunks wurde ihm also zum Verhängnis.

Da Menschen keinen Rüssel haben, überlebten die Neugierigen unter ihnen und vermehrten sich ungehindert. Meine Nachbarin Afifa war ein rüsselloses Tunk. Eines von denen, wie sie zu Tausenden die Welt bevölkern. Und diese werden niemals aussterben.

Fotografie der Träume

Hilmi war schlau, denn im Zeitalter der Fotoautomaten und billigen Kameras mussten sich die Fotografen etwas einfallen lassen, um nicht zu verhungern. Manche stiegen auf Videos um, andere erweiterten ihr Geschäft zu einem Krämerladen. Hilmi war der klügste Fotograf unseres christlichen Viertels. Er bot seinen Kunden keine Fotos an, sondern die Realisierung ihrer Träume. Frauen und Männern stellte er die irrsinnigsten Kostüme, Requisiten und Kulissen zur Verfügung.

So wurde Metzger Mahmud innerhalb einer Viertelstunde zum Cowboy, der er schon immer sein wollte, mit Stiefeln, Lasso und abwesendem Blick.

Die brave Hausfrau Alexandra schlüpfte aus dem katholischen Kokon, in den sie ihr Mann gewickelt hatte, und wurde für ein paar Minuten zu einer verruchten Verführerin im schwarzen Kleid mit Dekolleté, Strass, Glacéhandschuhen und einer langen Zigarettenspitze. Dieses Foto zeigte Alexandra immer gerne in Frauenrunden herum, und alle bewunderten sie oder kicherten bei dem Gedanken an ihren strengen Mann.

Der Wirt Ismail hatte sich früher nie fotografieren lassen, weil er sich mit seinem Dreifachkinn und seinen hundertvierzig Kilo selbst nicht sehen wollte. »Der Anblick morgens im Spiegel reicht mir, und den soll ich auch noch auf Papier verewigen?«

Aber Hilmi verpasste dem beleibten Mann ein Samuraikostüm und knipste drauflos. Der Wirt war so beeindruckt vom Ergebnis, dass er vom Fotografen für viel Geld ein großes Poster anfertigen und es gerahmt in seinem Lokal aufhängen ließ.

Auch Baschar, ein Junge aus meiner Clique, war fast jeden Monat einmal bei Hilmi. Immer wieder führte er uns stolz seine Bilder als Pirat, Cowboy oder Tarzan vor. Und das Verrückteste war, dass er manchmal alles um sich herum vergaß, den Bildern glaubte und so, mit Tränen in den Augen, von jener Zeit schwärmte, als er noch Tarzan war.

Meine Mutter und die Hebamme Nadime ließen sich ebenfalls verewigen – als zwei Haremsdamen mit Schleier, Schmuck und Wasserpfeife.

Der Renner aber war die Aufnahme vor einem geöffneten Kühlschrank, vollgestopft mit den teuersten Lebensmitteln und Getränken. Alles sah, obwohl es aus Kunststoff war, so echt aus, dass Verwandte unserer Nachbarin Samiha, die diese mit einem Foto von Hilmi beeindrucken wollte, aus Amerika zurückschrieben, sie würden gerne nach Syrien zurückkehren. Ihnen ginge es in den USA so schlecht, dass sie sich nie und nimmer diese teuren Lebensmittel auch nur grammweise leisten könnten, die sie bei Samiha bündel- und paketweise im Kühlschrank gestapelt sahen.

Paradies oder Lachen, das ist die Frage

Die uralte Stadt Morgana hat in ihrer langen Geschichte viel erlebt. Unzählige Wunder und Merkwürdigkeiten sind in ihrem Gedächtnis eingeprägt. Und in den bescheidenen Lehmhäusern ihrer Gassen fühlt man die große Seele einer uralten Kultur. Im Herzen Arabiens liegend, war die Stadt ein Treffpunkt, an dem sich die Wege der reisenden Propheten, Eroberer, Händler und Bettler kreuzten.

Als der Himmel vor zwei Jahren roten Sand regnete, wussten die Morganier Bescheid. Alle fünfunddreißig Jahre trägt ein Sturm den Sand aus einem bestimmten Gebiet der Sahara Tausende von Kilometern weit, bis er ihn genau über Morgana wie einen roten Teppich auf Häuser und Bäume, Autos und Straßen niederfallen lässt. Kein Sandkorn gerät in Städte nördlich oder südlich von Morgana.

Die Morganier lassen den Sand drei Stunden liegen, damit kein Fluch die Stadt trifft; denn dieser rote Teppich ist mit einer Liebesgeschichte verbunden. Eine in Morgana lebende Fee muss sich und ihre Stadt alle fünfunddreißig Jahre einmal für drei Stunden vor ihrem wütenden Vater, einem rachsüchtigen Dämon, verstecken, aber das ist eine andere Geschichte.

Nach drei Stunden kehren die Morganier den Sand weg und verrichten ihre Arbeit, als ob nichts geschehen wäre.

Genauso gelassen reagierten die Bewohner der Stadt, wenn in den letzten hundert Jahren einer der vielen Propheten aufgetaucht war. Nur ein paar fromme Beamte der Regierung regten sich darüber auf. Die Mehrheit der Bewohner dachte wie mein Onkel Azar, der ruhig sagte: »Was macht das schon, wenn einer sich wie ein Prophet fühlt? Man muss ihn freundlich aufnehmen. Wer weiß, vielleicht ist er ein wahrer Prophet? Dann hat man für seine Gastfreundschaft einen sicheren Platz im Himmel. Und ist er ein Lügner, so hat man dafür ein paar schöne Geschichten oder ein Lachen.«

Die Teufelstöchter wussten Bescheid

Im Sommer, wenn Damaskus unerträglich heiß wurde, flüchteten meine Eltern mit uns Kindern nach Malula in die Berge. Dort waren die Nächte kühl, und man konnte zwar tief, aber leider nicht lange schlafen. Denn eine ungünstigere Lage hätte unser Ferienhaus nicht haben können. Jeden Morgen weckte mich ein ganz bestimmter grässlicher Schrei. Er war von einem Schaf auf seinem letzten Gang durch das Dorf.

Damals war alles in diesem Dorf ursprünglich und ungefiltert. Sicher schmeckten Trauben, Feigen, Mais und Tomaten nirgends so gut wie in Malula, und die Metzger schlachteten selbst, vor den Türen ihrer Läden. Davon gab es drei, und der eine lag genau meinem Zimmer gegenüber. Der Metzger war einäugig, witzig und seiner schönen Stimme wegen bei den Frauen sehr beliebt.

Jeden Morgen führte er eines der Schafe von seinem fern gelegenen Haus zur Metzgerei. Er tat es mit der Ruhe des Siegers. Geduldig ging er hinter seinem Schaf her und hielt immer wieder an, wenn das Schaf, offenbar das bevorstehende Unheil ahnend, stehen blieb und zum Gotterbarmen schrie. Es war ein sonderbares Blöken, atemlos, hilfesuchend. Das Schaf schaute sich mit geweiteten Augen um. Der Metzger sang leise volkstümliche Lieder, die von Sehnsucht und Einsamkeit erzählten, und immer wieder gab er dem Tier einen kleinen, fast rücksichtsvollen Stoß. Das Schaf schien jedes Mal von seinem Verlorensein zu erwachen und ging eine Weile fast automatisch weiter, blieb dann wieder stehen. Und merkwürdigerweise wurde das Schaf immer zögerlicher, je näher es dem Laden kam, den es nie – den kein Schaf – zuvor betreten hatte. Auf den letzten Metern ging nichts mehr. Die Glieder des Schafes schienen zu erstarren, und der geübte Metzger schubste das arme Tier nun bis zur Tür, band es dort an einen Metallring und öffnete den Laden. Während dieser Phase saß ich jeden Morgen bereits auf dem Balkon.

Kurz darauf kam der Metzger mit einem Messer und einer blechernen Schüssel zum Blutauffangen. Er packte das Schaf gekonnt an beiden Vorder- und Hinterläufen und warf es wie ein Judokämpfer um, seine Knie landeten auf dem Kopf des Opfers, das nun vor Überraschung keinen Ton mehr von sich gab. Das Messer blitzte auf und das Schaf blutete aus. Die letzten Zuckungen verfolgten mich bis in meine Träume.

Danach ging eine komplizierte Prozedur vor sich, die mit dem Enthäuten anfing und mit dem Ausweiden endete. Erst dann hingen die sauberen Hälften im Laden. Ungefiltertes Leben kann grässlich sein.

Einmal in der Woche gab es Ziegenfleisch, in der Regel von jungen Tieren. An diesem Tag blieb meine Mutter aber dem Laden fern, denn sie liebte junge Ziegen.

Ab und zu musste ein alter Bock seinen Hals hinhalten. Betagte Ziegenböcke stinken, selbst wenn man sie vorher gebadet hat und das Fleisch bei der Zubereitung unter einer Menge erlesener Gewürze tarnt.

Auch die Ziegen liefen nicht freiwillig zum Laden. Der Metzger zog sie an einem Seil hinter sich her, und sie stemmten sich mit aller Kraft dagegen und meckerten laut, nicht flehend, sondern empört. Und irgendwann mussten sie getragen werden. Der Metzger kam kaum noch zum Singen.

Meine Mutter linderte ab und zu meine frühe Leidensstunde auf dem Balkon mit etwas Kaffee.

Nachmittags – das Fleisch war längst ausverkauft – wanderte der Metzger nach einer kurzen Siesta mit seinen etwa zehn Ziegen und Schafen durch das Dorf an seinem Laden vorbei auf die nahen Felder, wo sich die Tiere an Thymian, Disteln, Basilikum, Petersilie, Trauben, Rosen und allem, was sie in der Wildnis oder unbemerkt in den Gärten abknabberten, satt fressen konnten. Deshalb war das Fleisch seiner Metzgerei begehrt. Das Erstaunliche aber war: Beim Vorbeigehen an dem Laden schauten die Ziegen ihn einen Augenblick lang an, blieben stehen und gehorchten dann dem herrischen Ton des Metzgers. »Die Ziegen wissen Bescheid. Sie plärren auf dem Weg nicht herum wie die Schafe, sondern schildern ihren Freunden haargenau den Weg«, sagte meine Mutter, die Ziegen liebevoll »Teufelstöchter« nannte.

Wie Vater endgültig unpolitisch wurde

Die Freundschaft meines Vaters mit dem nationalistischen Lehrer war nur von kurzer Dauer. Vater bewunderte den Mut und die Tatkraft des Mannes, aber da wir Aramäer sind, konnte er schon bald den immer stärker werdenden arabischen Nationalismus, der auch auf den Lehrer übergriff, nicht mehr ertragen. Das Radio plärrte nationalistische Parolen, an den Wänden hingen nationalistische Thesen, und am Himmel wehten große Spruchbänder, auf denen in Riesenlettern Vaterländisches gepriesen wurde.

Als der Lehrer meinen Vater überzeugen wollte, dass alle Bürger Syriens Araber seien, auch wenn sie das nicht wussten oder wollten, explodierte dieser: »Die Kalifen vor eintausend Jahren hatten mehr Ahnung als du, sie zwangen weder Aramäer noch Juden, weder Perser, Spanier noch Kurden, Araber zu werden.« Der Lehrer stand beleidigt auf und ging. Seit diesem Tag kaufte er sein Brot nicht mehr bei uns, sondern bei der Konkurrenz. Mein Vater aber strich alle fünf nationalistischen Parteien aus seinem Gedächtnis.

Chalid, ein anderer Freund meines Vaters, war Bankangestellter und bezeichnete sich selbst als liberal. Er besuchte uns oft, und meine Großmutter liebte ihn seiner Höflichkeit wegen. Meine Mutter dagegen konnte ihn nicht ausstehen. »Chamäleon«, zischte sie leise, wenn er kam. Aber mein Vater ließ sich von ihrer Abneigung nicht beirren. »Deine und meine Mutter haben ein geheimes Abkommen geschlossen, nie derselben Meinung zu sein«, sagte er mir lachend.

Als der Liberale politisch verfolgt wurde, fand er bei uns Unterschlupf. Er bekam regelmäßig seine Mahlzeiten, und ich musste ihm täglich die Zeitung besorgen. Da meine Familie aber vorher nie eine Tageszeitung gekauft hatte, wäre das dem Spitzel in unserer Straße aufgefallen. Ich musste deshalb die Zeitung an einem weit entfernten Kiosk kaufen und in einer Tüte nach Hause schmuggeln.

Chalids Frau wohnte mit ihren zwei Kindern in der Nähe unserer Bäckerei, und so erfuhr seine Frau täglich beim Brotholen in verschlüsselten Sätzen, dass ihr Mann in Sicherheit war.

»Wenn ich Minister werde, was hoffentlich bald geschieht, werde ich dein Opfer nicht vergessen«, sagte er eines Abends zu meinem Vater, und wieder war meine Großmutter zu Tränen gerührt.

Vater spielte den Edlen. »Mich brauchst du nicht zu belohnen. Mein Laden gibt mir genug, aber ich wäre dir dankbar, wenn du dir dann wie jetzt meine Meinung über die politische Situation anhören wolltest.«

»Sei sicher, das werde ich täglich tun. Deine Stimme wird mich ganz gewiss immer erreichen.«

»Und wie soll er das machen, wenn du erst mal Minister bist?«, fragte meine Mutter misstrauisch. Chalid wusste genauso gut wie sie, dass Geheimdienstler und Leibwächter unsere Minister so dicht abschirmen, dass kein Mensch im Guten wie im Schlechten sie erreichen kann.

»Du hast recht«, sagte er und wandte sich dann an meinen Vater. »Am besten stehst du vor deiner Bäckerei, mein Freund, und wenn ich vorbeifahre, dann halte ich an, nehme dich vor allen Leuten in den Arm, trinke mit dir eine Schale Tee und höre mir an, was du zu loben oder zu tadeln hast.«

Meine Mutter musste sich geschlagen geben und den Triumph ihrer Schwiegermutter ertragen.

Bald darauf wurde der Bankangestellte tatsächlich Minister. Er wurde von seinem Versteck bei uns direkt auf den Ministersessel befördert. Wie? Sagen wir, durch einen dubiosen Putsch.

Mein Vater stellte von nun an einen Lehrling als Wachposten vor die Tür seiner Bäckerei, und als dieser am dritten Tag die motorisierten Polizisten sah, rief er laut: »Er kommt, er kommt!«

Das war das Zeichen. Mein Vater und seine Mitarbeiter ließen alles stehen und liegen und rannten zur Tür. Sie winkten dem Minister in der schwarzen Limousine zu, aber die Limousine fuhr weiter.

Der Triumph meiner Mutter kannte keine Grenzen.

Es waren unruhige Zeiten damals. Chalid wurde bereits nach drei Monaten gestürzt.

»Und warum hast du nicht gewunken?«, fragte der zum Volksfeind erklärte Liberale erstaunt, als mein Vater ihm seinen Wortbruch vorhielt. Er bat meinen Vater, deutlicher zu winken, wenn er bald wieder Minister würde, und ihn bis dahin zu verstecken. Drei Monate mussten wir ihn durchfüttern. Mein Vater ließ bunte Lämpchen um das Schaufenster anbringen, und einen roten Neonpfeil, der, in der Mitte der Straße hängend, auf die Bäckerei hinwies. Als Chalid wieder Minister wurde, stand mein Vater mit all seinen Angestellten im weißen Kittel vor der Tür und winkte und winkte. Sogar die Lampen schienen mitzuwinken. Doch der gerade recycelte Minister musste blind geworden sein.

Mein Vater kam nach Hause. Er war wütend und erzählte meiner Mutter von seiner Niederlage. Sie tobte und schwor, das Haus für immer zu verlassen, sollte der undankbare Schleimer auch nur für eine Sekunde noch einmal als Gast aufgenommen werden. Zweiundzwanzig Tage winkte Vater der schwarzen Limousine zu. Ohne Ergebnis. Dann ließ er verbittert die bunten Lampen und den Pfeil abmontieren. An diesem Tag schien er um Jahre gealtert.

Schon kurz darauf wurde der Minister wegen krummer Waffengeschäfte entlassen. Zwei Tage später erschien er vermummt in der Bäckerei und erklärte, eine große Verschwörung sei im Gange, er wäre bald rehabilitiert und bräuchte nur für kurze Zeit ... Mein Vater schaute durch ihn hindurch. »Der Nächste bitte«, sagte er und widmete sich seinen Kunden.

Von da an wollte mein Vater von keiner Partei mehr etwas wissen.

Modern Times

Mein Sohn bekommt so viel Spielzeug in einem Jahr, wie ich in meiner ganzen Kindheit nicht bekommen habe. Aber nur um wenige Geschenke beneide ich ihn. Eine wunderschöne große Wandtafel etwa, an der er heute schon viel mutiger mit Kreide schreibt als ich im Abiturjahr. In der Schule an der Tafel zu stehen, war für mich der reine Horror. Meine Schrift, ansonsten schön und geschwungen, wurde da so krakelig, als führten die Hühner meiner Großmutter mir die Hand.

Auch eine kleine Mineraliensammlung, die mein Sohn von demselben großzügigen Ehepaar geschenkt bekam wie die Wandtafel, erfreut mein Herz bei jedem Anblick. Ich träumte als Kind immer davon, einen Edelstein zu finden, und unternahm halsbrecherische Klettertouren und holte mir schmerzhafte Schürfwunden beim Kriechen durch felsige Höhlen und Tunnel, doch gefunden habe ich nie etwas – und er hat eine ganze Schachtel voller glitzernder Schönheit einfach nur so bekommen!

Letzte Woche schenkte ihm eine Freundin eine Wanduhr, aus der zu jeder vollen Stunde eine Vogelstimme ertönt: Die Nachtigall singt um eins, die Lerche tiriliert um zwei, der Sperling tschilpt um drei, die Drossel pfeift um vier, der Kanarienvogel trillert um fünf, die Amsel flötet um sechs, der Distelfink zwitschert um sieben und so weiter. Jeden Vogel hört man zweimal hintereinander. Die ausgeklügelte Elektronik ermöglicht eine herrliche Wiedergabe seines Gesangs. Er ist so lebensecht, dass eine Nachbarin, die ahnungslos im Zimmer meines Sohnes dessen Zeichnungen anschaute, sich fast zu Tode erschreckte, als hinter ihr plötzlich laut ein Uhu rief.

Vor zwei Tagen klingelte mein Wecker um fünf vor sechs. Ich wachte auf, lächelte und schloss noch einmal die Augen, um mir noch ein paar Minuten zu ermogeln, bevor der Alltag jede Ruhe raubt. Punkt sechs hörte ich die Amsel zweimal hintereinander. Dann flötete sie zum dritten, vierten, fünften Mal. Sie hörte gar nicht mehr auf. Immer wieder sang die Amsel von Neuem, als hinge eine Schallplatte an einer Rille fest.

»Oje, die Uhr ist kaputt«, sagte ich traurig. Heutzutage kann man solche Dinge nicht mehr reparieren. Meine Frau wachte auf und fragte verschlafen: »Was ist denn los?«

»Die Uhr ist kaputt. Normalerweise singt jeder Vogel nur zweimal, und jetzt hört die Amsel überhaupt nicht mehr auf.«

Meine Frau lauschte kurz.

»Hongkong«, sagte sie nur, drehte sich um und genoss ihrerseits die Ruhe vor dem Sturm.

Und das Lied der Amsel nahm einfach kein Ende. Ich stand auf und wollte die Batterien aus der Uhr herausnehmen.

Aber auf dem Weg merkte ich plötzlich, dass der Gesang nicht aus dem Zimmer meines Sohnes, sondern vom Fenster kam. Ich schaute hinaus. Eine Amsel saß auf der Fensterbank und begrüßte fröhlich den neuen Tag.

Die besseren Doppelgänger

Ein arabischer Diktator hatte fünf Doppelgänger und rettete bei mehreren Mordanschlägen durch sie sein Leben. Er wurde gehasst, deshalb erschien er in der Öffentlichkeit niemals selbst. Man erzählte, diese Doppelgänger wohnten sämtlichen Sportveranstaltungen, Empfängen, Eröffnungen von Kinder- und Altersheimen und dergleichen mehr bei. Nur im Kabinett erschien der Diktator immer höchstpersönlich, um sich mit seinen Ministern zu besprechen und Beschlüsse von größter Tragweite zu fassen, denn sein Land führte Krieg gegen einen Nachbarstaat und die Lage war ernst.

Die Feinde verstärkten ihre Angriffe und bombardierten sogar die Hauptstadt. Jeden Tag um fünf trafen sich daher seine Minister in einem geheimen Bunker und berieten gemeinsam die nächsten Maßnahmen.

Eines Tages tauchte der Diktator wieder selbst in solch einer Sitzung auf. Die Lage hatte sich weiter zugespitzt und der Feind stand bereits vor den Toren der Stadt. Der Herrscher, ansonsten ein kalter, emotionsloser Mann, war gerührt angesichts der vollständig versammelten Minister. Sogar der alte hinkende Finanzminister war da.

Nun öffnete der Diktator zum ersten Mal sein Herz:

»Liebe Freunde, die Stunde der Wahrheit ist gekommen, und der Tod steht uns allen näher als unsere nächsten Verwandten, die wir weit weg, in Europa, in Sicherheit gebracht haben. Ich muss gestehen, dass ich euch bewundere. Jeden Tag seid ihr gekommen, habe ich vernommen. Doch mich hatte, obwohl ich der Präsident bin, der Mut in den letzten drei Tagen verlassen. Deshalb bitte ich euch um Verzeihung, dass ich euch gestern, vorgestern und vorvorgestern meinen besten Doppelgänger hierhergeschickt hatte. Ich, ich ... habe es nicht geschafft, selbst zu erscheinen«, stotterte der Diktator.

Mit allem hatte er gerechnet, nur nicht mit der prompt folgenden Reaktion seiner Minister – einem Lachen, das zaghaft anfing und sich dann zu einem lauten Prusten entwickelte.

»Was gibt es denn da zu lachen?«, fragte der Diktator empört.

»Exzellenz«, japste der Innenminister, »die Herren sind bereits seit einem Monat in Europa. Wir sind nur ihre Doppelgänger.«

Das negative Gewicht

Als Kind war ich ein mit Haut überzogenes Skelett. Ich wurde gehänselt meiner dürren Gestalt wegen – und heute? Heute schimpft man mich Fettsack. Ein Araber in Deutschland nimmt eben schnell zu. Der Hunger der Jahrhunderte wird am reichhaltigen Tisch dieser Oase mehr als befriedigt. Und ich esse gerne.

Hier bekommt man alle Leckereien, die wir Araber lieben: Nüsse, Süßigkeiten, Brot und Hülsenfrüchte, und das nicht nur zu jeder Zeit, sondern auch zu Schleuderpreisen. Manchmal denke ich, ich sollte meinen Beruf wechseln und statt deutscher Autos lieber diese köstlichen Lebensmittel nach Arabien exportieren.

Natürlich habe ich gemerkt, dass mein Körper wie ein ausgetrockneter Schwamm alles gierig in sich aufnimmt, aber was sollte ich machen. Schlimm wurde es erst, als ich das Rauchen aufgab. Ich wiege seitdem hundertdreißig Kilo. Bei meiner Ankunft in Frankfurt vor dreißig Jahren brachte ich gerade mal neunundsechzig Kilo auf die Waage.

Man sagt, die Fremden werden durch den Schmerz der Trennung von der Heimat nicht selten schizophren. Ich aber machte mich lustig darüber. »Bei meinem Gewicht würde ich bald aus zwei Personen zu je neunundsechzig Kilo bestehen«, scherzte ich, »einer aus Fleisch und Knochen und einer aus reinem Fett.«

Doch ich lachte wie alle Dummköpfe zu früh, wie ich bald feststellen musste.

Diät? Ich habe alles versucht: Gemüse, Tee, Bäder, Kuraufenthalte, Trennkost, Sport, Fett-, Apfel-, Zucker-, Eiweiß- und Essigdiäten. Zurück blieben nur der Geschmack von fadem Gemüse und die Erinnerung an einen unstillbaren Hunger in schlaflosen Nächten. Nicht einmal die klassische Methode FDH brachte mich weiter, denn was ich nach dieser Methode in Wochen bitterer Disziplin abgenommen hatte, kehrte nach einem einzigen Schlemmermahl zurück.

Eines Tages machte ich eine atemberaubende Entdeckung: Schlaf ist die beste Diät. Ich war zwei Tage erkältet im Bett gelegen, und als ich danach auf die Waage ging, fehlten drei Kilo. Also beschloss ich, meinen nächsten Urlaub im Bett zu verbringen. Doch hungrig schlafen konnte ich nicht und essen wollte ich nicht. Was blieb mir anderes übrig, als Schlaftabletten zu nehmen. Immer wenn ich aufwachte, wog ich mich, nahm einen Schluck Wasser und dämmerte dann mithilfe der nächsten Tablette wieder für ein paar Stunden dahin. Dreiundvierzig Kilo nahm ich in drei Wochen ab, doch die Dosis der benötigten Schlaftabletten war inzwischen auf das Fünffache gestiegen. Ich wurde süchtig, musste meine Kur abbrechen und durfte keine Sedativa mehr anfassen.

Weil ich mich so intensiv mit meinem Gewicht beschäftigte, wurde mir die Waage im Badezimmer wichtiger als der Spiegel. Ich schaute morgens als Erstes hinunter auf die kleine wackelnde Skala, um herauszufinden, wie es mir an dem Tag gehen sollte. Hatte ich auch nur ein Pfund abgenommen,

so strahlte ich selbst bei düsterstem Wetter übers ganze Gesicht und knabberte stolz und besonders lang an einem Knäckebrot herum. Meldete die Waage aber ein Plus, so folgte unweigerlich eine Art schlemmender Rache nach dem Motto: Wenn Entbehrung nicht hilft, dann wenigstens Genuss! Und so schlug ich zu, dass meine Hose einmal bereits beim Essen krachend aus den Nähten ging.

Das alles war aber noch erträglich – bis die Sache mit dem negativen Gewicht auftrat. Noch nie gehört, was?

Drei Nächte lang hatten wir eine arabische Hochzeit gefeiert. Der Gastgeber war ein erfolgreicher Geschäftsmann. Großzügig hatte er seine hundert Gäste auf das Köstlichste bewirtet. Es war ein Traum für Auge und Gaumen gewesen.

Unmerklich hatte ich dabei eine magische Grenze überschritten und erfuhr nun, dass ich zwei wurde. Es war am dritten Tag nach der Hochzeit. Die Waage zeigte an jenem Morgen digital meine hundertvierzig Kilo an. Vor den Feierlichkeiten hatte ich hundertsiebenunddreißig gewogen. Das war nicht weiter schlimm.

Die Katastrophe kam erst.

Ich ging aufs Klo. Herrlich erleichtert und aus reiner Neugier stellte ich mich anschließend noch einmal auf die Waage. Welch eine böse Überraschung!

Hundertzweiundvierzig.

Zuerst dachte ich, es wäre eine Sinnestäuschung oder Gedächtnisschwäche. Ich schrieb also von nun an mein Gewicht morgens vor und nach dem Gang zur Toilette auf. Eindeutig! Immer wieder das gleiche Ergebnis! Da entdeckte ich die magische Grenze, nach der das negative Gewicht auftritt. Sie ist von Mensch zu Mensch verschieden. Bei mir liegt sie bei hundertvierzig.

Wie es zum negativen Gewicht kommt, muss man nicht verstehen, aber jeder kann es in seiner Wirkung einfach erfassen. Bei Verlust der verdauten Nahrung: Zunahme statt Abnahme des Gewichts.

Ich hatte zwar vor zwanzig Jahren Atomphysik studiert und wusste von der Existenz der negativen Masse. Aber das waren mehr oder weniger mathematische Hirngespinste alternder Physiker gewesen und keine Kilos auf einer wirklichen Waage.

Ich konsultierte einen Arzt, der mich – selbst überfordert – an einen Psychologen überwies. Dieser hielt das Ganze erst für einen Scherz. Als ich ihn aber verzweifelt um Beistand bat, willigte er ein, den Fall aus nächster Nähe zu untersuchen. Er bewirtete mich eine ganze Nacht lang mit Bier, Schweinshaxe und Kartoffelknödeln und war am nächsten Morgen völlig entsetzt, als er mit eigenen Augen sah, wie seine technisch einwandfreie Waage ein Plus von vier Kilo nach meinem Gang zur Toilette registrierte.

»Das gibt es nicht«, stammelte er vor sich hin. Sieben Tage lang experimentierte er mit mir, und das Menü wurde immer reichhaltiger und deftiger. Am Ende – ich hatte kontinuierlich zugenommen während der Gelage in den Nächten und nach jedem Stuhlgang – schüttelte er nur den Kopf und schwieg den ganzen Nachmittag über. Erst abends und bei der dritten Flasche Wein entwickelte er lallend seine Theorie:

»Das Ganze ist eine Sache der Sehnsucht. Wenn das Körpergewicht eine bestimmte Grenze erreicht, bekommt das Fett eine Seele und will von sich nichts mehr hergeben, was ja verständlich ist. Dann nämlich spürt die Fettseele bei Abnahme einen Schmerz, ähnlich dem Phantomschmerz. Mediziner haben nämlich beobachtet, dass Patienten nach Gliederverlust dort Schmerzen fühlen, wo eigentlich keine sein können, weil ja das Körperteil bereits amputiert ist. Und die Patienten lügen dabei nicht, weil der Körper sich an diese Stelle erinnert. So ist das auch mit dem Gewicht. Das Fett macht sich für die fehlende Masse schwerer. Das ist alles. Klaro?«

Ich nickte, obwohl ich nichts verstanden hatte.

»Das ist ein Fall für den Physiker, denn ich bin am Ende mit meinem Latein«, sagte er am nächsten Tag beim Abschied verzweifelt.

Ich war nicht weniger niedergeschlagen. Aber seitdem ich die Waage abgeschafft habe, komme ich wieder zur Ruhe. Doch immer, wenn ich auf die Toilette gehe, denke ich an das negative Gewicht, obwohl ich mir jedes Mal schwöre, nie wieder daran zu denken.

Liebesübungen

Ich war vierzehn, als ich mich in Samira verliebte. Bei unserer zweiten Begegnung fragte sie mich, ob wir uns nicht irgendwo allein treffen könnten. Ich eilte mit der Frage zu meiner Freundin, der alten Hebamme Nadime. Denn ich wollte gerne mit Samira allein sein und wusste nicht wo.

»Hier bei mir«, war Nadimes knappe Antwort.

»Bei dir?«, fragte ich entsetzt.

»Ja, wo denn sonst, in der katholischen Kirche vielleicht?«

»Und du?«

»Ich verdrücke mich für ein Stündchen zu deiner Mutter und lasse mich mit Kaffee und Klatsch so lange verwöhnen, bis du mir den Schlüssel bringst.« Sie lachte laut.

Bis heute weiß ich nicht, wie mir die nächste Frage über die Lippen gestolpert kam: »Und was machen wir dann hier?«

Nadime verstand mich nicht recht. »Wen meinst du mit ›wir‹?«

»Samira und mich«, sagte ich und zitterte bei der Vorstellung, ich könnte mich vor dem Mädchen blamieren.

»Ach so!« Die Hebamme wunderte sich über meine Verlegenheit. »Komm doch zu mir heute Nachmittag um drei. Ich muss erst noch zu einer Entbindung und dann einen Besuch bei einer kranken Frau machen. Sie bekommt Schröpfgläser, um ihre Grippe zu vertreiben. Mittags muss ich mich ein Stündchen hinlegen. Und wenn du mich danach besuchst, sage ich dir, was du mit Samira hier machst.«

Gegen drei war ich da, doch Nadime war gerade erst aufgestanden.

»Eine schwere Geburt war das. Ein bildhübsches Baby, von zwei Monstren gezeugt. Aber wer weiß, Kinder verändern sich beim Wachsen sehr«, sagte sie und stand auf, um mit mir in ihren kleinen Innenhof zu gehen, der über und über mit Blumen und Zitronenbäumen bewachsen war. Sie setzte sich auf ein rotes Sofa neben dem kleinen Springbrunnen und sagte, mehr zu sich als zu mir: »Mal sehen, wie du Samira empfangen willst.«

Eine Tortur folgte. Wirklich! »Liebesübungen« nannte Nadime die folgenden Stunden.

Wir lernen in der Schule alles. Jeden unnützen Unsinn, aber nicht das Allerwichtigste: den ersten Schritt in der Liebe. Wir tappen wie unsere Ururgroßeltern im Dunkeln und hoffen, dass es irgendwie klappen wird. Welch ein Glück hatte ich jedoch mit Nadime. Sie führte mich Schritt für Schritt auf dem Pfad der Liebe entlang.

»Nehmen wir an, ich bin Samira«, sagte sie. »Ich klopfe an die Tür und du rufst ›Herein!‹ und ich komme durch diesen Korridor zum Innenhof. Was machst du?«

Ich saß auf dem Sofa. »Ah, Samira? Bist du da?«, sagte ich allen Ernstes.

»Was soll das?«, sagte Nadime. »Natürlich ist sie da. Noch einmal. Lass dir was einfallen!«

Nadime verschwand im Korridor und ich hörte sie bald »Tock, tock, tock!« rufen.

»Herein«, gab ich zurück und konnte mein Lachen nur mühsam unterdrücken. Nadime stürmte herein, dabei wäre sie beinahe in die Rosenhecke gestürzt, weil sie mit Schwung in den Hof gelaufen kam. Ich sprang ihr entgegen, stolperte über einen Hocker und fiel lachend zu Boden.

»Das ist ja wunderbar, bald setzen wir unseren Unterricht über die Liebe im Krankenhaus fort.« Nadime lachte schallend, dann half sie mir aufzustehen und streichelte mir die Wange. »Noch einmal«, bat sie höflich. Ich kehrte auf das Sofa zurück, sie in den Korridor. »Tock, tock, tock!«

»Herein«, gab ich zurück, stand auf und lief ihr entgegen. Noch bevor sie in den Hof trat, flüsterte ich: »Samira, schön, dass du da bist«, und nahm sie zärtlich an die Hand, um sie zum Sofa zu führen. Nadime folgte willig.

»Sehr schön, begabter Junge«, sagte sie. »Nicht mehr und nicht weniger. Das kommt schon wunderbar an.«

»Und jetzt?«, fragte ich hilflos.

»Alles, nur nicht schweigen. Du musst Samira etwas sagen, mit sanfter Stimme und schönen Worten.«

»Ja, genau«, sagte ich. Mir war es etwas peinlich, Nadime anzuschauen und sie als Samira anzusprechen.

»Du siehst blendend aus, Samira. Was hast du zuletzt für einen Film gesehen? War die Fahrt mit dem Bus oder dem Taxi anstrengend?«

»Wie? Willst du sie auch noch nach dem Wetter und dem Dollarkurs fragen? Nein, nein, mein Freund, so geht das nicht! Du musst ihr ganz knapp sagen, was du für sie fühlst und wie sehr du dich freust, dass sie gekommen ist, und dann kannst du ihr was zum Trinken anbieten. Filme und andere Ablenkungen vergisst du bei solchen Gelegenheiten. Sie zerstören die Begegnung.«

»Was? Ich soll ihr in deinem Haus etwas zum Trinken anbieten? Das geht doch nicht. Fehlte nur noch, dass wir hier essen«, protestierte ich.

»Selbstverständlich darfst du mit Samira hier essen und trinken, mein Kleiner. Was sonst willst du ihr anbieten? Einen Rosenkranz, damit sie Hunger und Durst wegbetet? Nein, wenn du mich lieb hast, musst du Samira verwöhnen, damit sie noch einmal kommt. Der Kühlschrank ist voll, kümmere dich nicht wie ein Geizkragen um das Geld, sondern um Samira. Und nun bewirte mich, bitte schön, oder ich spiele Samira nicht mehr.«

Ich holte aus dem Kühlschrank Limonade für sie und Wasser für mich. Sie trank, stellte das Glas zurück und fragte, fast in sich versunken: »Und nun, was würdest du nun machen?«

Ich wusste keine Antwort.

»Deine Hand muss zu einem leichten, schüchternen Vogel werden, der sie immer wieder anschwärmt und leicht liebkost, ohne sie zu belästigen.«

»Ja, genau«, sagte ich.

»Was heißt, ja genau«, empörte sie sich. »Zeig mir gefälligst, wie du das machen willst.«

Ich nahm sie in den Arm und drückte sie fest an mich. »He, he, Junge, halt, ich kriege keine Luft mehr«, hörte ich sie röcheln. »Liebe leidenschaftlich, ja – aber nicht erwürgen, bitte«, fügte sie hinzu und zeigte mir, wie man einander zärtlich umarmt.

Es waren harte Stunden der Übung und ich war am Ende erschöpft. Nadime schien Vergnügen daran zu haben und war sehr geduldig mit mir. Wir wiederholten diese Lektion bei jedem Besuch in den nächsten Tagen, bis ich wirklich verstanden hatte, was Liebe und Zärtlichkeit ist.

Die heilige Maria sagt nie Nein

Im Mittelmeerraum haben die Gläubigen eine ganz intime Beziehung zur heiligen Maria. Unter ihren Bildern brennen unzählige Kerzen, während andere Heilige kaum Zuwendung finden. Auch im Gebet und im Zwiegespräch mit der heiligen Maria sind die Gläubigen viel zutraulicher als bei irgendeinem anderen Bewohner des Himmels.

Ein armer Mensch wurde arbeitslos. Er war sehr gläubig und ging immer wieder in die Kirche, betete und betete, aber fand trotzdem keine Arbeit. Einmal bemerkte er, dass der damals noch offene Opferstock unter dem Bild der heiligen Maria voller Münzen und Geldscheine, der andere unter dem benachbarten Bild von Jesus aber fast immer leer war.

Eines Tages hatte der Mann die Nase voll vom Betteln. Er ging in die Kirche und sprach mit der heiligen Maria.

»Heilige Maria! Ich suche den ganzen Tag und finde keine Arbeit. Bald ist Weihnachten. Meine Frau und Kinder brauchen Essen, Süßigkeiten und Kleider und ich meinen Schnaps, aber wie du siehst, besitze ich keine müde Münze. Ich bin nicht schlecht. Schau dir bloß den Opferstock deines Sohnes an. Nix. Der Wind pfeift darin. Und er war auch ein anständiger Mann. Darf ich zwanzig Lira nehmen? Ich teile sie auch mit deinem Sohn, zehn für mich und zehn für ihn. So bekommen meine Frau und meine Kinder ihr Essen und ich meinen Schnaps, und so werden wir über Weihnachten nicht traurig. Und dein Sohn steht dann an seinem Geburtstag auch nicht schlecht da. Wenn du aber nicht willst, sage es, dann lasse ich die Finger davon.«

Das Bild hat natürlich nicht geantwortet, und der Mann tat, was er gesagt hatte. Am nächsten Tag kam er wieder.

»Ich bin beschämt, o heilige Maria«, sagte er, »ich kann dir nicht einmal in die Augen schauen. Aber was soll ich tun? Schau, deinem Sohn geht es nicht besser. Kein Piaster liegt bei ihm. Heute brauche ich vierzig Lira, da die Miete fällig ist, aber ich bin wie ein Kamel. Ich vergesse nichts. Ich gebe deinem Sohn auch vierzig. Nur, wenn es dir zu viel ist, sage es. Dann fasse ich nichts an.« Das Bild schwieg auch diesmal, und der Mann nahm achtzig Lira aus dem übervollen Kasten, teilte sie und ging seines Weges.

Die Lage des Mannes wurde in den nächsten Tagen nicht besser, und er kam, nahm und teilte. Aber immer fragte er, ob die heilige Maria etwas dagegen habe, und sie sagte nie Nein.

Der Pfarrer der Kirche grübelte lange über diese plötzliche Veränderung bei den beiden Opferstöcken nach. Noch nie in zehn Jahren hatte er so wenig Geld bei Maria und so viel bei Jesus gesehen. Um den Grund dafür herauszufinden, versteckte er sich hinter dem Bild Jesu und wartete gespannt.

Der Mann kam wieder, schaute zu Boden und sprach: »O heilige Maria, du weißt schon, seit zwei Wochen suche ich und finde keine Arbeit. Meinen Kindern und meiner Frau habe ich gesagt, dass sie alles,

was ich ihnen gebe, deinem guten Herzen verdanken, und sie beten jeden Tag für dich. Meine Frau lässt dich grüßen und dir sagen, du kannst auf sie rechnen, wenn du mal in Schwierigkeiten bist. Na ja, ich rede heute so viel, weil ich meiner Frau ein Kleid schenken will, und ich schäme mich etwas. Doch im Opferstock deines tapferen Sohnes erkälten sich die Holzwürmer vom Luftzug. Aber wir kennen uns ja schon eine Weile, und wenn du es nicht willst, dann sage es, und ich lasse alles liegen.«

»Nein, ich will nicht!«, rief der Pfarrer zornig.

Der Mann drehte sich erbost zum Jesusbild um. »Du hältst die Klappe. Ich rede mit deiner Mutter! Aber gut, wenn du nicht willst, dann teile ich eben nicht mehr mit dir«, schimpfte er, nahm die achtzig Lira und ging.

Der Pfarrer sprang aus seinem Versteck, stolperte aber und erwischte den Mann deshalb nicht. Er überlegte und überlegte, wie er die Opferstöcke so schützen könnte, dass man zwar Geld hineinstecken, aber nichts mehr herausnehmen konnte. Dann machte er sich auf den Weg zu einem klugen Tischler, und schon bald war die geniale Erfindung fertig. Seitdem benutzen alle Kirchen der Welt Opferstöcke mit diesem besonderen Schlitz.

Der Besuch

Mein Vater beschloss einmal, mich allein zu besuchen – ohne seine Ehefrau und weitere Kinder. Meine Mutter erzählte mir später, kurz vor der Abreise sei er wahnsinnig aufgeregt gewesen, er habe schon absagen wollen und sich Vorwürfe gemacht, weil er überhaupt erwogen hatte, ohne sie zu reisen. Vor lauter Aufregung machte er einen ungeheuren Fehler.

Araber haben eine eigenartige Beziehung zum Begriff »Termin«. Vielleicht liegt es daran, dass sie früher gezwungen wurden, ihren nach Mondjahren und islamischer Zeitrechnung gehenden Kalender zu ändern, und seitdem nicht mehr mit dem christlichen Zeitbegriff zurechtkommen. Sie erscheinen, wenn überhaupt, zu einem Termin immer zu spät.

Ich wollte mich durch einen kurzen Urlaub auf diesen Besuch vorbereiten, denn es stand viel auf dem Spiel. Ich hatte meinem Vater zur Bedingung für seinen Besuch bei mir gemacht zu akzeptieren, dass ich unverheiratet mit einer Frau unter einem Dach lebe. Für einen Araber ist das schwerer zu ertragen als jeder Kommunist, da dieser in Arabien brav heiratet und unauffällig alle Normen der Gesellschaft einhält. Und in Arabien ist ein Individualist – ein Auffälliger in der Gesellschaft von Gleichen – die Gefahr in Person.

Mein Vater war kein Heuchler. Er versprach nichts. Er wollte einfach kommen, und sollte es ihm bei mir nicht gefallen, wollte er in ein Hotel ziehen, da er wohlhabend war.

Nun hatte mein Vater aber aus Angst, er könnte zu spät kommen und dadurch bei meiner Lebensgefährtin, einer Europäerin, einen schlechten Eindruck hinterlassen, sich täglich beim Flughafen nach früheren Flügen erkundigt, bis er schließlich umbuchen konnte. Allerdings teilte er mir das nicht mit, und zwar in der festen Überzeugung, dass er mich dann schon irgendwie erreichen würde.

In Frankfurt angekommen, machte er sich mit Bus und Bahn auf den Weg und kam auch problemlos bis vor unsere Haustür. Aber obwohl unsere Nachbarn von seinem bevorstehenden Besuch wussten und ihm unsere Wohnung hätten aufschließen können, stellten sie sich dumm. Der alte Mann behalf sich mit Französisch, doch sie taten, als verstünden sie ihn nicht. Enttäuscht von dieser Abfuhr, ging mein Vater in ein Hotel, machte seine Spaziergänge und kam jeden Tag einmal zur Wohnung, klingelte bei den Nachbarn und fragte höflich, ob ich von meiner Reise schon zurückgekommen sei.

Was hatte ich für einen Wutanfall, als ich bei meiner Rückkehr davon erfuhr! Ich eilte zur Hauptstraße und traf dort meinen Vater. Gedankenversunken betrachtete er ein Bild im Schaufenster eines Antiquariats. Er weinte vor Freude, als er mich sah, denn er hatte schon gedacht, mir sei etwas passiert und die Nachbarn hielten ihn nur hin. Die Gründe dafür, warum sie meinen Vater abgewiesen hatten, waren so fadenscheinig und absurd, dass sie zum Abbruch aller Beziehungen zu jenen Leuten führten. Nach dem Essen kam dann die große Überraschung. Bei gutem Wein und Kaffee fragte ich ihn, wie er sich allein mit den öffentlichen Verkehrsmitteln in Deutschland zurechtgefunden habe.

»Fantastisch, alles war bestens organisiert. Welch großartige Zivilisiertheit! Bei uns hättest du dreihundert Stempel und fünf verschiedene Karten für das bisschen Weg gebraucht. Die Deutschen aber sind klug. Eine Karte genügt. Sie wird einmal kontrolliert, und alle anderen wissen Bescheid.«

Mein Vater, der vorher noch nie geflogen war, hatte nur das Flugticket gekauft, mit dem er dann vom Flughafen zum Frankfurter Hauptbahnhof und von da aus weiter mit dem Zug zum Heidelberger Hauptbahnhof gefahren war. Niemand hatte ihn kontrolliert. In Heidelberg angekommen, hatte er sich in die Straßenbahn gesetzt, die zu uns fährt, und war lächelnd und die deutsche Zivilisation bewundernd vor unserer Haustür angekommen. Die ganze Zeit über war er schwarzgefahren.

Wie verhält man sich in solch einem Fall? Klärt man den Betreffenden auf und zerstört somit seine Freude? Ich kannte meinen Vater. Er war ein stolzer und gläubiger Katholik. Hätte er die Wahrheit erfahren, hätte er sich sehr geschämt. Sagt man sie einem Menschen wie ihm nicht, handelt man zwar unmoralisch, verdirbt ihm aber nicht die kleine Freude. Ich entschied mich für die Unmoral.

Starke Nerven

Ostersonntag. Nach dem Kirchgang standen die Leute auf dem Kirchhof herum. Und wie in jedem Jahr zog irgendeiner seine Flöte hervor, und es dauerte nicht lange, da tanzten die Ersten ausgelassen im Kreis.

Bald tanzten so viele Menschen, dass sich zwei Kreise bildeten, und für uns Kinder blieb immer weniger Platz zum Zuschauen. Aus der Froschperspektive sahen wir eine immer wilder hüpfende und tanzende Menge von Erwachsenen. Mein Bruder und ich stellten uns auf den etwa einen Meter hohen Springbrunnenrand, von wo aus wir die Tanzenden von oben sehen konnten.

Wir lachten viel und halfen anderen Kindern zu uns hinauf, und schon bald standen alle Kinder auf dem Brunnenrand. Das Wasser im Becken war nicht einmal einen halben Meter tief. Es war durch die Sonne zu einer grünen Algenbrühe geworden.

Plötzlich zündete ein Betrunkener mehrere Knallfrösche und warf sie mitten in die Tanzenden. Die kreischten erschrocken und schrien, wichen nach hinten zurück und stießen uns dabei ins Wasser. Wie grüne Ratten wurden wir wieder herausgezogen. Die Leute lachten und amüsierten sich über uns. Ich weinte bitterlich. Ein paar Frauen und Männer halfen uns, unsere Anzüge vom gröbsten Schmutz zu befreien, aber sie waren immer noch grün und vor allem nass, und in dieser Aufmachung wollten wir nicht nach Hause zurück.

Wir gingen also auf die umliegenden Felder und wollten so lange spazieren gehen, bis unsere Anzüge trocken waren. Die Sonne schien sehr stark, und bald begannen wir merkwürdig zu dampfen und zu riechen.

Als wir die ersten Obstgärten erreichten, freuten wir uns darüber, dass die Aprikosen schon so groß wie Murmeln waren. Ich weiß nicht mehr, wer zuerst auf die Idee kam, unreife Aprikosen zu stehlen. Ich konnte nie gut klettern, doch Fadi half mir, und innerhalb von Sekunden saß ich oben in einem Aprikosenbaum. Fadi sollte auf die Wächter aufpassen, die an Feiertagen besonders wachsam waren, da dann viele Ausflügler über die Obst- und Gemüsefelder herfielen.

Ich hatte noch keine drei Aprikosen gepflückt, als Fadi, selbst überrascht, erschrocken rief: »Weg hier, der Wächter kommt!«

Ich sprang sofort hinunter, doch blieb die Jacke an einem dicken Aststumpf hängen. Dann hörte ich das grässliche Geräusch, wenn etwas zerreißt, fiel kopfüber auf die Erde, fing mich aber mit den Händen ab und raste schneller als der Wind vor dem Wächter her, der nur noch ein paar Schritte hinter mir war und laut fluchte. Immer schneller wurde ich, und leicht wie eine Gazelle überwand ich Zäune und Gemäuer.

Erschöpft und völlig außer Atem standen wir schließlich weit von dem Obstgarten entfernt auf einer asphaltierten Straße und waren erst einmal in Sicherheit. Und da erst sah ich, was passiert war. Wie mit einer scharfen Schere war meine Jacke von oben bis unten im Zickzack aufgeschlitzt. Fadi

wurde ganz blass, aber ich fand es nicht so schlimm, da ich wusste, dass es in unserer Nähe einen Flickschneider gab, der von meiner Mutter sehr gelobt wurde. Also hängte ich mir unbekümmert meine Jacke über den Arm und schlenderte nach Hause.

Als ich dort ankam, war die Wohnung leer. Meine Eltern waren wie immer zu Ostern bei meinen Großeltern eingeladen. Ich zog schnell meinen Anzug aus, legte ihn sorgfältig zusammen und steckte ihn in eine Tüte. Mein schmutziges Hemd warf ich in die Wäsche, wusch mir Gesicht, Hände und Füße, kämmte mich, zog meinen Pyjama an und legte mich aufs Sofa. Ich las, hörte Radio und amüsierte mich, bis meine Mutter am Nachmittag nach Hause kam. Sie schaute mich verwundert an. »Wie brav!«, sagte sie verschmitzt. Damals gab es für uns Kinder zu Hause täglich zwei Theatervorstellungen: eine nach der Aufforderung, unsere Kleider auszuziehen und uns zu waschen, und die zweite nach dem Hinweis, es sei reichlich spät, wir sollten endlich ins Bett gehen. Nun saß ich an einem sonnigen Feiertag, wo selbst die Schnecken aus dem Häuschen geraten, schon um drei Uhr nachmittags brav im Pyjama auf dem Sofa.

»Ja, weißt du, ich wollte meinen Anzug nicht schmutzig machen, da dachte ich …«, wollte ich lügen.

»Hol den Anzug her!«, unterbrach mich meine Mutter misstrauisch.

»Oh, ich habe ihn schon aufgehängt!«

»Hol den Anzug her!«, wiederholte sie ernst. Ich erkannte, dass jede Widerrede zwecklos war, also stand ich auf, holte den Anzug, erzählte und weinte über so viel Pech.

Meine Mutter geriet außer sich vor Zorn, sodass bald ich sie beruhigen musste. So ist das mit Eltern, sie haben oft nicht so starke Nerven wie ihre Kinder.

Fremd, lebenslänglich

Suleimans Rückkehr war in jeder Hinsicht ein Ereignis. Wenn jemand im Viertel als Personifizierung der Dummheit galt, so war das Suleiman. Er wurde »Suleiman mit dem Spatzenhirn« genannt. Sein Blick war wässrig, seine Augen blickten unbeteiligt, was auch immer man ihm erzählte, und er brachte es in fünfzehn Jahren zu zwanzig Berufen und keinerlei Wohlstand. Welch eine Gnade, dass er das winzige Haus seiner Mutter geerbt hatte und seine Frau aus einer einigermaßen wohlhabenden Bauernfamilie stammte. So mussten die vier Kinder trotz der Unfähigkeit ihres Vaters nicht darben. Die beiden Mädchen waren bildhübsch wie die Mutter, und die beiden Jungen galten in der Gasse als perfekt geratene Wiederholungen ihres unglücklichen Vaters.

Plötzlich verschwand Suleiman. Es hieß, er hätte eine Stelle in Saudi-Arabien bekommen. Damals haben die Saudis noch Araber beschäftigt. Sie hatten die Inder, Pakistani und Südkoreaner noch nicht entdeckt.

Suleimans Abwesenheit dauerte zehn Jahre. Seine Frau fing an, ihre grauen Haare zu färben. Sie war eine der schönsten Frauen des Viertels, und man tuschelte viel über ihre Liebhaber und übertrieb dabei nur wenig.

Mit einem Mal war Suleiman wieder da, in der Fremde gealtert um das Doppelte seiner Jahre. Er stolzierte durch das Viertel wie ein Großmogul, breitbeinig, mit erhobenem Haupt und einer gewaltigen goldenen Armbanduhr. Doch das war nicht alles. Verärgert blieb er mitten in der Gasse stehen und rief dem Schneider Hakim so laut zu, als wäre dieser schwerhörig: »Zehn Jahre ist man weg, und was findet man bei der Rückkehr vor? Die Gasse ist noch genauso eng wie früher, und die Leute werfen ihren Dreck noch immer den Passanten auf den Kopf.«

Sein Auto, in dem er die Hitze der unendlich langen Straße von Saudi-Arabien bis Damaskus ertragen hatte, um hier dann genüsslich vorzufahren und elegant auszusteigen, dieses Auto war viel zu breit und passte nicht durch die Gasse. Er hatte es fünf Straßen weiter geparkt. Bald schon schwärmten einige Nachbarn von dem Gefährt, zu dessen Besichtigung Suleiman sie eingeladen hatte. Es war eine zwar gebrauchte, aber majestätische Limousine mit allen Schikanen. Sogar einen Minikühlschrank gab es im Handschuhfach. Suleiman hatte den Männern auch vorgeführt, wie er Sitze, Fenster und Dach von seinem Sitz aus elektrisch betätigen konnte.

»Und ein großer Lastwagen, vollgestopft mit modernen Möbeln, folgt in ein paar Tagen«, erzählte mir unsere Nachbarin neidisch.

Mein Vater schien an jenem Tag der größte Verlierer zu sein. Er hatte nie etwas von Suleiman gehalten. Er hörte sich stumm die Berichte über den Neureichen aus Saudi-Arabien an, der sich nun für früheres Ungemach zu rächen schien. Wenn er das kleine Café betrat, rief er: »Eine Runde für die Männer auf meine Kosten«, und der

Wirt freute sich. Und viele, die Suleiman früher beschimpft hatten, blieben nun stehen, wenn er an ihnen vorbeiging, und begrüßten ihn untertänig.

Dann kam der Lastwagen mit Möbeln, wie sie noch keiner aus unserem Viertel bis dahin gesehen hatte: eine gewaltige Schrankwand und ein kreisrundes Doppelbett, das eher wie eine kleine Bühne aussah. Auch die elektrischen Geräte waren gigantisch: ein dreistöckiger Kühlschrank, eine monströse Waschmaschine und eine Tiefkühltruhe, die die Hammelkeulen einer ganzen Herde hätte aufnehmen können. Die starken Lastenträger stöhnten zu sechst auf dem Weg vom weit entfernt parkenden Laster bis zum Haus. Hier aber war das Ende der Reise. Keines der Möbelstücke konnte ins Haus gebracht werden. Die Eingangstür, die verwinkelten Gänge, die steilen Treppen und die winzigen Fenster erlaubten keinen technischen Trick. Spät am Abend mussten die sperrigen Gegenstände, die sich mitten in der Gasse türmten, Stück für Stück zum Lastwagen zurückgebracht werden.

Zwei Tage später zog die Familie aus unserem Viertel weg. Das Haus wurde über einen Makler verkauft. Suleiman musste es zwar unter Preis veräußern, konnte dann aber ein schönes Haus in der Neustadt erwerben, das ein anderer Emigrant nicht mehr zu Ende hatte bauen können. Suleiman soll durch seine Stelle in Saudi-Arabien von der Bank eine halbe Million Dollar Kredit erhalten haben, um das neue Haus zu kaufen, in das nun all seine mitgebrachten Möbel passten. »Eine gewaltige Bauruine«, kommentierte mein Vater, der den früheren Besitzer kannte.

Bald darauf fuhr Suleiman nach Saudi-Arabien zurück, um dort für die Abzahlung des Kredits zu arbeiten. Er hatte ehrgeizige Pläne: das vierstöckige moderne Haus fertigstellen, dann drei Stockwerke vermieten und das Leben eines alten Paschas genießen.

Doch daraus wurde nichts. Fünf Jahre später musste seine Frau mit den Kindern zu ihren Eltern aufs Land ziehen, und Suleiman schrieb ihr immer wieder, dass er bald genug Geld gespart haben würde, um seine Schulden abzubezahlen.

Aber das war im Lied der Emigranten ein beliebter Refrain.

Der einäugige Esel

In Malula lebte einst ein reicher Bauer, der viele Länder und Orte bereiste. Wenn er dann zurückkam, erzählte er von seinen Abenteuern in der Fremde, und die Bauern achteten ihn sehr, weil viele von ihnen nie die große Welt draußen gesehen hatten. Der Bauer hielt sich für den klügsten Mann im Dorf, denn nicht einmal der Dorfälteste wagte es, ihm zu widersprechen. Er heiratete eine junge und kluge Frau, hatte aber keine Achtung vor ihr. Wenn sie ihm einen Rat geben wollte, unterbrach er sie: »Schweig, von dir brauche ich keinen Rat. Ich weiß es besser!«

Eines Tages kaufte der Mann auf einer seiner Reisen für hundert Piaster einen einäugigen Esel. Seine Frau war erbost über den schlechten Handel, und sie versuchte, ihrem Mann zu erklären, dass er von den Städtern reingelegt worden sei, aber dieser schrie sie nur an: »Was verstehst du schon vom Handel? Dieser Esel ist kein einfaches Lasttier. Er ist klug und weise. Du wirst es sehen.« Er fütterte den Esel mit dem besten Getreide. Dieser war aber ein gemeines Tier. Er schlug fortwährend aus, sobald sich die Frau ihm näherte. Wenn sie sich darüber beschwerte, verhöhnte der Bauer sie.

»Er ist klüger und nützlicher als du«, sagte er und zeigte ihr, wie sanftmütig der Esel wurde, wenn er auf ihn zuging. Und in der Tat, der Esel fügte sich ergeben dem Willen seines Herrn, was dieser ihm auch immer befahl. So begann die Frau, den Esel zu hassen. Kurze Zeit später musste der Bauer wieder eine Reise antreten, und er befahl seiner Frau: »Gib gut acht auf den Esel, lass ihn keinen Hunger leiden. Was du ihm zufügst, tust du mir an.« Gegen Mittag kam ein Händler, der Kleider und Schmuck von Haustür zu Haustür feilbot. Der Frau gefielen eine schöne Halskette und ein Kleid aus gutem Stoff, und so bot sie dem Mann kurzerhand den Esel dafür. Der Händler schaute auf den wohlgenährten Esel, und da er sich wünschte, endlich seinen müden Rücken von der Last seines schweren Bündels zu befreien, nahm er den Esel und zog davon. Nach einer Woche kehrte der Bauer zurück. Seine Frau schmückte sich mit der Kette und zog das schöne Kleid an, doch ihr Mann interessierte sich nicht für sie. »Wo ist der Esel, Frau?«

»Lieber Mann«, erwiderte sie, »ich ging, wie du mir befohlen hast, um ihm Futter zurechtzumachen. Die beste Gerste habe ich ihm gebracht, und was sehe ich da? Er hatte sich inzwischen in einen Richter verwandelt. Er sagte mir, er hätte keine Lust mehr, in deinem stinkenden Stall zu stehen und dich mit deinem fetten Bauch zu tragen. Das hat der verdammte Esel gesagt und ist in die Stadt gegangen, um über die Menschen zu richten.« »Das habe ich nun von diesem undankbaren Vieh! Ich werde ihm zeigen, wer der Herr und wer der Esel ist. Hat er dir gesagt, wo er ist?« »Ja, am Gerichtshof in der Hauptstadt.«

»Na warte, ich werde ihn zurückbringen!«, rief der Mann und beeilte sich, in die nahe Hauptstadt zu kommen. Dort fragte

er nach dem Gerichtshof, und als er das prächtige Gebäude sah, stöhnte er: »Natürlich hast du es hier besser, aber ich bin nun mal dein Besitzer.«

Er nahm ein Büschel Gras und lief suchend von Raum zu Raum, bis er einen einäugigen Richter fand.

Er betrat den Saal, wedelte mit dem Gras und rief: »Komm! Komm, komm! Du Verfluchter, hast du die Gerste vergessen, die du bei mir gefressen hast? Komm!« Da fragten ihn die Leute, die im Gerichtssaal saßen: »Was sagst du, Mann?« »Der Richter ist mein Esel«, antwortete er. »Er hat meine Frau zum Narren gehalten. Sie ist ein dummes Weib. Aber er hat auch noch mich beschimpft. Jetzt sitzt er da und spielt den Richter. Nicht mit mir! Komm, du Hurensohn, komm!« rief er wieder und wollte zum Richter vortreten. »Und woher weißt du, dass der Richter wirklich dein Esel ist?«, wollte einer der Anwesenden wissen. »Er ist einäugig«, antwortete der Bauer bestimmt. Die Leute lachten. »Der Esel bist du! Weißt du, dass dieser Richter dich mit einem Wink seines Fingers an den Galgen bringen kann? Sei doch froh, dass er dich nicht gehört hat, du Dummkopf!« Sie warfen den Bauern hinaus. Inzwischen war der Richter auf die Unruhe im Saal aufmerksam geworden und fragte nach dem Grund. Einer erzählte ihm von dem verrückten Bauern. Der für seine Weisheit berühmte Richter hörte die Geschichte und lächelte. »Lasst den Mann hereinkommen!«, befahl er.

Der Bauer zitterte vor Angst.

»Hab keine Angst, komm näher«, beruhigte ihn der Richter, und als der Mann ganz nahe bei ihm stand, fragte der Richter leise: »Wie viel war ich damals als Esel wert?« »Fünfhundert Piaster, Euer Ehren!«, sprach der Mann mit trockener Kehle. »Nun, hier sind deine fünfhundert Piaster, nimm sie und geh nach Hause, aber sei so gut und verrate es niemandem hier, sonst kann ich nicht mehr richten.«

Er gab dem Bauern das Geld, und dieser eilte erleichtert davon. Zu Hause angekommen, fragte ihn seine Frau: »Nun, was hast du erreicht?« »Was habe ich dir gesagt?«, antwortete er. »Der Esel war doch kein gewöhnliches Lasttier. Der Verfluchte saß auf einem schönen Stuhl und richtete über die Menschen. Und wenn ich nicht so klug wäre, hätte er mich an den Galgen gebracht.« Das war die letzte Angeberei dieses Mannes, denn von nun an hörte er auf seine Frau und lebte glücklich bis zum Ende seiner Tage.

Die zweite Abnabelung

Es gab und gibt im Hammam Männertage und Frauentage, aber die Frauentage waren für mich als kleiner Junge viel schöner. Bis zum zehnten Lebensjahr durfte ich meine Mutter begleiten. An manchen Männertagen ging ich auch mit meinem Vater mit, doch die Männer baden nur und sitzen da, genießen die Ruhe und reden über ihre Geschäfte und die Politik. Das ist für ein Kind nur langweilig.

Wie anders ging es bei den Frauen zu! Sie lachten, erzählten, feierten, aßen und pflegten sich mit einer solchen Hingabe, dass ich dort die erste Lektion erhielt, wie man nicht nur andere, sondern auch sich selbst lieben kann. Was die Frauen da treiben, ist nicht nur Pflege, sondern ein Kitzeln des Körpers, dass er voller Wonne aus allen Poren lacht. Und was sie da an Erfahrungen austauschen, übertrifft an Reichtum alle Psychologiebücher der Welt. Die großen Jungen fragten uns aus, wenn wir uns hinterher trafen, und wollten alles über die Geheimnisse der Frauen wissen. Oft bestachen sie uns, die Jüngeren, die immer mittwochs noch mit den Frauen ins Bad durften, mit Eis, Nüssen und Süßigkeiten, damit wir ausführlich von den erotischen Geschichten der Frauen, von ihrer List und ihren Körpern erzählten. Damals lernte ich die Macht der Wörter kennen und wurde zum Meisterlügner, denn oft war der Frauentag ganz harmlos, aber wenn ich das erzählt hätte, hätten die großen Jungen mich einfach stehen lassen. Also erfand ich die unglaublichsten Geschichten und beschrieb ihnen Körper, die es auf dieser Erde gar nicht gab. Und wenn es am spannendsten wurde, hörte ich auf und sagte: »Jetzt habe ich Durst. Eine Limonade, sonst erzähle ich nicht weiter.« Du hättest sehen sollen, wie bereitwillig junge Männer von siebzehn, achtzehn Jahren einem Winzling wie mir zu Diensten waren! Aber nicht nur deshalb liebte ich das Hammam am Mittwoch: Dort verliebte ich mich auch zum ersten Mal. Sie hieß Aida. Sie war erst dreizehn, aber bereits so schön gewachsen wie eine Frau. Ich war blass und klein und wirkte dadurch kindlicher, als ich eigentlich war. Stell dir vor, sie zog mich in eine abgelegene Kabine und wollte mir zeigen, wie die Verheirateten sich lieben. In dieser Kabine bekam ich den ersten Kuss auf den Mund. Sie wusste auch nicht genau Bescheid, doch sie drückte mich an ihre Brust, und ich spürte ihre wunderbare dunkle Haut. Sie verströmte einen sonderbar angenehmen Geruch. Sie war nicht parfümiert, sondern roch eher nach Schweiß, doch der duftete für mich wie ein himmlisches Parfüm. Vielleicht bilde ich mir das nur ein, aber nie wieder bin ich einem so wunderbaren Duft begegnet.

Die Bademeisterin erwischte uns und tadelte mich mit den Worten: »Nabil, du Schlingel, was wird ihre Mutter sagen?« Aida stand neben mir und hielt meine Hand, aber sie fühlte sich nicht angesprochen. Als die Bademeisterin kichernd weiterging, zog mich Aida in die Kabine zurück.

»Aber deine Mutter«, sagte ich voller Sorge.

»Hab keine Angst vor meiner Mutter, komm endlich!«, entgegnete sie.

Ich fragte sie, ob sie mich liebe. »Ja, aber ich werde dich nicht heiraten«, antwortete sie. Heute noch klingt mir diese merkwürdig nüchterne Antwort im Ohr. Als wir zu den anderen zurückkamen, massierte die Bademeisterin gerade Aidas Mutter. Sie schaute von ihrer Arbeit auf, lachte und erzählte der Mutter, dass sie uns in der Kabine auf frischer Tat ertappt hätte.

»Was soll das heißen, auf frischer Tat? Sie sind noch Kinder, und Aida versteht gar nichts«, sagte die Mutter leichthin.

Heute weiß ich, dass sie ihrer Tochter diese erste sinnliche Erfahrung gönnen wollte.

Von Mittwoch zu Mittwoch freute ich mich von da an mehr auf das Hammam und vor allem auf Aida, denn auf der Straße wollte sie mit mir nicht sprechen. Dort tat sie so, als würden wir uns nicht kennen. Erst wenn wir im Bad unsere Kleider ablegten, schaute sie mich mit einem vielsagenden Lächeln an, gab mir bald darauf ein Zeichen, und wir machten uns auf die Suche nach einer Kabine. Manchmal hatte ich sogar das Gefühl, dass die Frauen Aida und mich gern weggehen sahen. Ich nahm an, dass sie sich dann Dinge erzählten, von denen wir nichts wissen sollten.

Eines Tages fragte ich Aida, warum sie mich auf der Straße verleugne. Da schaute sie mich erstaunt an und fragte: »Bist du noch ein kleines, dummes Kind?« Und weil ich offensichtlich nicht verstand, fuhr sie fort: »Ich habe dich so lieb wie meine Augen, aber das dürfen die erwachsenen Männer nicht wissen, denn sonst werden sie mich nicht zur Frau haben wollen. Gestern war ein reicher Zahnarzt bei meinen Eltern, der mich heiraten will.«

»Du gehst doch noch zur Schule«, sagte ich. »Und wenn ich mein Abitur habe, heirate ich dich!« Ich war den Tränen nah.

»Du bist wirklich ein kleines, dummes Kind. Ich kann nicht auf dich warten. Jetzt bin ich am schönsten, und jetzt wollen mich die Männer. Wer weiß, wie ich später aussehen werde.« Und wirklich umschwärmten die Männer ihr Elternhaus, denn Aida sah bald aus, als wäre sie zwanzig. Und sie war eines der schönsten Mädchen im Viertel. Kurze Zeit später heiratete sie einen reichen Händler aus dem Süden. Da war sie nicht einmal fünfzehn. Als ich sie Jahre später wiedersah, war sie fürchterlich dick geworden.

Meine Zeit mit den Frauen im Hammam ging dann jäh zu Ende: Die Frauen merken es, wenn ein Junge zu erwachsen wird, und sie merken es, lange bevor ein Zeichen sexueller Erregung zu sehen wäre. Sobald sein naiver Blick verschwindet, ist es so weit. Ich überhörte die warnende Bemerkung einer Nachbarin, die sich gerade einseifte. Sie stammte aus dem Norden und war blond und blauäugig. Ich schaute sie wohl ein wenig zu lange an.

»Dein Sohn braucht bald eine Braut«, sagte sie zu meiner Mutter und lachte hell. Am nächsten Mittwoch packte ich eifrig

wie immer Seife, Handtuch, Kamm und Schwamm und stand schon vor meiner Mutter im Hof. Die aber schüttelte den Kopf. »Ab heute bist du ein Mann. Du gehst mit deinem Vater«, sagte sie und eilte mit meiner Schwester zu den anderen Frauen, die in der Gasse warteten. Ich stand allein in unserem Innenhof und weinte. Es war meine zweite Abnabelung, und es war die Vertreibung aus dem Paradies ...

Ein Kaufhaus – kein Basar

Handel ist zwar eine Notwendigkeit, aber der Orientale verbindet damit ein Vergnügen, das vielen heutigen Deutschen fremd ist. Beim Handeln übt der Orientale folgende Künste aus: sprechen, schauspielern, Kräfte messen und immer wieder aus einer Sackgasse eine Kreuzung zaubern. Als Belohnung schwebt über der ganzen Aktion der wirtschaftliche Vorteil.

Man muss sich immer vor Augen halten, dass der Prophet Mohammed seine Wurzeln im Handel hat, während Jesus Christus Geld und Handel unverbindlich (»Gebt dem Kaiser, was des Kaisers ist«) bis ablehnend (»Jagt die Händler aus dem Tempel«) gegenüberstand. Meine berechtigten Zweifel, ob es sich hierbei nicht eher um eine nachträgliche Fälschung europäischer Zensoren handelt, ändern nichts an der Tatsache, dass der heutige Europäer ein merkwürdig gestörtes Verhältnis zum Feilschen hat.

Die Muslime stehen also beim Handeln den Juden näher als den Christen und die orientalischen Christen wiederum den Muslimen näher als ihren europäischen Glaubensgenossen.

Ich freute mich den ganzen Morgen über auf den Erwerb eines neuen Pullovers, trank in Ruhe meinen Espresso und schlenderte dann zu einem Kaufhaus, das etwas gehobene Qualität anbot. Schon bald hatte ich einen Pullover gefunden. Laut Preisetikett sollte er 250 DM kosten.

»Entschuldigen Sie, wie viel kostet dieser Pullover?«, fragte ich die junge Verkäuferin.

Ein Händler in Damaskus hätte sich gefreut, denn die Frage nach dem Preis zeigt Interesse, und ein Kunde, der den Mund aufmacht, verspricht ein Geschäft. Die Verkäuferin schaute mich erstaunt an. »Steht doch drauf«, sagte sie, trat auf mich zu und zeigte mir das Etikett: »Zweihundertfünfzig.«

»Nun gut«, sagte ich, »ich zahle hundert.« Das ist mehr, als die Regel vorschreibt, aber ich wollte die Frau nicht lange aufhalten, normalerweise zahlt man ein Drittel, nur Touristen geben die Hälfte.

In Damaskus hätte sich jeder Händler gefreut, denn das erste Drittel ist fast in der Kasse, und nun bemüht man sich noch um die anderen beiden Drittel. Jetzt heißt es handeln.

Aber die Verkäuferin war über mein Angebot nicht froh, sondern entsetzt. Sie sprach nun lauter, weil sie wohl dachte, ich sei schwerhörig: »Zweihundert...und...fünfzig.«

»Gut, gut, ich will nicht knauserig sein, ich zahle hundertzehn.«

Die Frau lachte und schaute um sich. Wahrscheinlich vermutete sie, dass irgendwo eine Kamera versteckt sei. Sie zeigte mir das Preisetikett. »Was heißt hundertzehn? Es steht doch zweihundertfünfzig drauf und kein Pfennig weniger. Wir sind doch hier nicht im Basar!«

»Doch, Madame. Ein Kaufhaus mit fünf Stockwerken ist nichts anderes als ein Basar, nur dass er übereinandergebaut wurde. Das ist alles. Etiketten, Etiketten«, und

ich bemühte mich, durch meinen Tonfall das Wort »Etiketten« so lächerlich wie nur möglich zu machen. »Was sind Preisetiketten doch elend und blass im Vergleich zum bunten Leben! Bei uns sagt man: ›Das Leben ist Nehmen und Geben, Frage und Antwort.‹ Kommen Sie mir entgegen, so komme ich Ihnen entgegen. Schauen Sie, ich zahle hundertzwanzig, weil Sie so freundlich sind und heute wahrscheinlich noch keine guten Geschäfte gemacht haben. Ist das ein Wort? Wenn Sie mir entgegenkommen, werde ich wahrscheinlich Stammkunde.«

»Wie soll ich das machen? Stammkunde? Nein, das geht wirklich nicht«, sagte sie nun fast entschuldigend.

Ich dachte an einen Rat meiner Mutter. »Wenn ein Händler jung ist, so musst du ihn erziehen. Du gehst mit dem Angebot etwas höher – vielleicht ist die Ware es doch wert – und lässt dabei deinem Kontrahenten immer eine Tür offen, damit er sich ohne Gesichtsverlust zurückziehen kann. Dann sagst du mit schlechter Laune: ›Das ist mein letztes Wort!‹ Und du wirst sehen, da läuten die Glocken beim Händler und er kommt dir entgegen.«

Ich sagte also fast drohend zu der Verkäuferin: »Ich zahle hundertfünfzig, und das ist mein letztes Wort!«

Sie schaute mich verwirrt an. »Letztes Wort«, wiederholte sie erstaunt. »Sie ... können sagen ... was Sie wollen.«

Da fiel mir der goldene Rat meines Vaters ein. »Es gibt Händler, die ziemlich schwer von Begriff sind. In diesem Fall und wenn sonst nichts nützt, kannst du Gift drauf nehmen, dass Folgendes hilft. Du gehst sicherheitshalber mit dem Preis etwas nach oben, damit signalisierst du Mut und Entschlossenheit. Dann sagst du: ›Das ist mein letztes Angebot, sonst gehe ich zu einem anderen Händler.‹ Du gehst langsam davon und drehst dich nicht um, sonst weiß der Händler, dass du die Ware unbedingt willst. Nein, geh langsam und du wirst sehen, der Händler ruft dir nach und kommt dir bei dem Preis etwas entgegen.«

Ich versuchte es auf diese Weise bei meiner Verkäuferin: »Hören Sie, ich zahle hundertsiebzig. Ist das nichts? Wenn Sie mir jetzt nicht entgegenkommen, gehe ich zu einem anderen Händler, und Sie können sicher sein, ich werde dort einen Pulli finden.«

»Gehen Sie doch, wer hält Sie denn hier fest?«, antwortete sie. Ich schlurfte hinaus, langsamer als eine Schildkröte, und drehte mich nicht um – aber sie rief mir nicht nach.

Und die Grille singt weiter

Meine Großmutter erzählte mir einst die bekannte Geschichte von der fleißigen Ameise und der faulen Grille, die im Sommer nur sang und fiedelte und im Winter vergeblich um Nahrung bettelte. Als meine Großmutter ihre Geschichte beendet hatte, fragte ich sie: »Und wovon lebt eine Grille im Winter?« Meine Großmutter schaute mich erst mit großen Augen an, doch dann antwortete sie gütig: »Mein Kleiner! Sie überlebt den Winter nicht. So wie alle Faulenzer. Und nun schlaf ein.« Ich konnte aber nicht schlafen. Ich mochte die Grille lieber als die Ameise, aber ich konnte meiner Großmutter nicht erklären, warum. In jener Nacht aber hatte ich beschlossen, den ganzen Winter über zu warten, um zu sehen, ob nicht doch zumindest eine Grille den Winter überleben würde.

Es war in einer heißen Juninacht. Es war sehr schwül, und das Kopfkissen schien mit Nägeln gefüllt zu sein. Ich konnte nicht schlafen. Plötzlich hörte ich das muntere Zirpen der Grillen. Ich sprang aus dem Bett und ging hinaus auf den Hof. Dort hörte ich erstaunt, wie mehrere Grillen sich unterhielten. Die eine unter dem Granatapfelbaum hatte besondere Ausdauer und musizierte am längsten, die zweite irgendwo hinter der Mülltonne besaß eine besonders schrille Geige, und die dritte Grille, die im Gerümpel unter der hölzernen Treppe fiedelte, wurde von den anderen andauernd unterbrochen.

Ich rannte zu meiner Großmutter, die auf einer alten Matratze unter freiem Himmel schlief. »Großmutter! Die Grillen leben doch!« Ich schüttelte sie an den Schultern. Erschrocken fuhr die alte Frau aus dem Schlaf.

»Ja, und?«, fragte sie mürrisch.

»Aber du hast doch gesagt, die Grille würde den Winter nicht überleben!«, rief ich verärgert.

Meine Großmutter kratzte sich den stark ergrauten Kopf. »Mein Kind! Natürlich lebt die Grille. Es ist doch nur ein Märchen.«

»Also hast du gelogen!«, fuhr ich sie an.

»Nun schlafe, mein Kind, es ist spät. Dein Vater wird böse, wenn du ihn mit deinem Geschrei aufweckst.«

Ich schleppte mich stumm in mein Bett. Aber ich konnte wieder nicht einschlafen. Ich war froh, dass die Grillen doch den Winter überlebten, und traurig, weil meine Großmutter mich belogen hatte.

Baladi

Exil ist eine gemeingefährliche Bestie. Sie tarnt ihre Mordlust mit Sanftheit und Melancholie, und plötzlich springt sie einen Ahnungslosen an und bricht ihm das Genick. Doch wer ihre Gefahren kennt und sie vorsichtig dressiert, dem schenkt diese Bestie wie die Löwen und Tiger im Zirkus wunderbare Augenblicke. Mein Exil schenkte mir »Die Sehnsucht fährt schwarz« und das Buch meines Dorfes Malula. In der Sprache meines Gastlandes fand ich eine literarische Heimat, und durch sie konnte ich Menschen in sechzehn Sprachen unterhalten. Was soll sich ein Dompteur noch mehr wünschen!

Das neue Geschenk hat mit Sprache zu tun, mit nomadisierenden Wörtern, die umherziehen und ihre Spuren hinterlassen. Sicher wissen einige meiner Leser inzwischen, dass viele deutsche Wörter aus dem Arabischen stammen: Alkali, Banane, Chiffre, Droge, Elixier, Fries, Gips, Henna, Ingwer, Jacke, Kaffee, Laute, Magazin, Natron, Opal, Papagei, Reis, Sofa, Tarif, Watte und Zucker sind einige davon. Heute sind noch ein paar andere hundert deutsche Wörter der Alltagssprache arabischer Herkunft. Kürzlich belohnte mich meine dressierte Bestie, das Exil, mit einer neuen Erkenntnis. Hier in Deutschland erfuhr ich den Ursprung des arabischen Wortes »Balad«. Es gibt nämlich für Araber nichts Urtümlicheres, Volkstümlicheres, Bodenständigeres als das Wort »Balad«. Es bedeutet Stadt, Ortschaft und im übertragenen Sinn Land oder Heimat. Das Wort »Baladi«, meine Heimat, meine Stadt, ist in arabischen Liedern das zweithäufigste Wort nach »Habibi«, das Geliebter bedeutet. Es klingt vertraut, wenn jemand von »Baladi«, seiner – unserer – Heimat, spricht. Das Wort ist so perfekt für die arabische Zunge gemeißelt, dass man als Araber bei einer langsamen Aussprache schon den Inhalt und seine emotionale Ladung schmeckt. Leider ist das Wort aber weder arabischen noch aramäischen, hebräischen, persischen oder türkischen Ursprungs. »Balad«, unser Stolz, das Juwel der arabischen Sprache, ist vom lateinischen Wort »Palatium« abgeleitet. Die Römer nannten Städte nach dem Hügel Palatin am Ostknie des Tiber, auf dem Romulus seine Stadt baute und wo spätere Herrscher ihre Paläste errichteten. Im Arabischen verschwindet in der Regel die Endung -ium. Ein B ersetzt immer das europäische P, und das T verwandelt sich oft durch den Einfluss der weichen Aussprache in ein D. Aus »Palat(-ium)« ist »Balad« geworden.

Die Pfalz heißt auf Lateinisch auch »Palatium«. Und ich habe endlich eine überzeugende Antwort auf die wiederholt verwundert gestellte Frage: »Was suchst du denn in der Pfalz?!« »Baladi«, werde ich antworten.

Die Frage ist ein Kind der Freiheit

Tuma war einundzwanzig und hatte noch alle Zähne im Mund, als er beim Lebensmittelhändler die erste verhängnisvolle Frage stellte. Einer der Anwesenden lobte Burhan, einen Sohn unseres Viertels, der nach zehn Jahren Offizierslaufbahn mit noch nicht einmal dreißig Multimillionär geworden war. Und Tuma fragte mit allen seinen Zähnen im Mund, ob Burhan, der im Viertel für seine Einfältigkeit bekannt war, einen großen Gewinn in der wöchentlichen Lotterie gelandet oder eine reiche Tante beerbt habe. Mehr fragte Tuma nicht.

Die Anwesenden aber fingen daraufhin an, Vermutungen über die Geldquelle des Offiziers anzustellen, da dieser damals beim Abitur von allen am schlechtesten abgeschnitten hatte. Seine Noten waren so mies gewesen, dass sich die Universität geweigert hatte, ihn aufzunehmen. Es war ihm nur das Militär geblieben, und da konnte man eigentlich keine Million verdienen, sondern eher Schulden machen. Die Gehälter der Offiziere sind miserabel.

Dies alles und noch mehr regte mit einem Mal die Fantasie der Leute in meiner Gasse an. Sie zogen nun die Laufbahn des Offiziers so in den Dreck, dass an ihm kein Haar ohne Schlamm blieb. Aber nicht diese Fantasten wurden verhaftet, sondern Tuma. Als er in unsere Gasse zurückkehrte, fehlten ihm zehn Zähne.

Kurz darauf fiel Nachbar Kassim aus dem Fenster der Ölgesellschaft im elften Stock und wurde auf dem Pflaster zerschmettert. All seine Freunde und seine Frau wussten, dass Kassim gerade dabei gewesen war, die Machenschaften der Ölgesellschaft zu überprüfen, und alle Bestechungsversuche der Leitung zurückgewiesen hatte.

Die Nachbarn pilgerten zur jungen Witwe und sprachen ihr herzliches Beileid aus. Und Tuma fragte sie – deutlich, aber fast nebenbei und mit den zweiundzwanzig Zähnen im Mund –, ob ihr Mann denn ein Vogel gewesen sei.

Da fingen die Anwesenden an, einander Geschichten über einige ungeklärte Morde zu erzählen, und bald fieberten alle im Viertel, als wären sie Nachfahren von Sherlock Holmes. Jeder wollte auf einmal wissen, dass der Mordauftrag aus einem noch höheren Stockwerk gekommen war, um den gewissenhaften Prüfer zu beseitigen.

Und sehr bald wurden nicht die Möchtegerndetektive verhaftet, sondern Tuma, und er kehrte mit nur noch sechzehn Zähnen im Mund in unsere Gasse zurück.

Das ging drei Jahre so, und nach jeder Frage kehrte Tuma mit immer weniger Zähnen zurück, bis er gar keine mehr hatte. Ein Gebiss konnte sich der bettelarme Steinmetz nicht leisten. Von nun an verstand keiner seine Fragen mehr. Und da er beim Reden nicht selten sabberte, lachten ihn die Nachbarn aus.

Vom Überlisten

Wir waren eine Woche bei meinem Onkel in Beirut. Eine wunderschöne Stadt. Ich liebe das Meer. Meine Mutter hat fürchterliche Angst davor und mir deshalb verboten, ans Wasser zu gehen. Aber das Haus meines Onkels lag so nahe am Strand, und das Meer war eine einzige Verlockung.

Als ich zum ersten Mal vom Strand zurückkam, schrie meine Mutter mich an, weil ich ihr vorgeflunkert hatte, ich sei im Park gewesen. Mein sonnenverbranntes Gesicht hatte mich verraten, und so gab es keinen Nachtisch für mich. Am nächsten Tag zog es mich wieder zum Meer, aber ich blieb vorsichtshalber im Schatten. Als ich wieder nach Hause kam und fröhlich vom Park erzählte, befahl meine Mutter: »Zieh deine Schuhe aus«, und sie klopfte den Sand heraus. Das brachte mich um meinen zweiten Nachtisch. In der Nacht beschloss ich, nicht mehr zum Meer zu gehen, aber als ich am nächsten Morgen aufwachte, hörte ich das Rauschen der Wellen und eilte wieder hinaus. Diesmal wollte ich meine Mutter überlisten. Ich spielte im Wasser und rannte immer wieder in den Schatten. Bevor ich das Haus meines Onkels betrat, klopfte ich meine Schuhe so lange aus, bis kein Körnchen Sand mehr drin war, und ging mit einem Lächeln hinein.

»Was für ein schöner Park«, rief ich meiner Mutter herausfordernd zu. Sie schaute mich prüfend an, und ich schwärmte noch mehr von der Schönheit des Gartens. Ich lachte innerlich, als sie meine Schuhe ausklopfte. Da sagte sie: »Komm her!« Sie nahm meinen Arm und leckte daran. »Du warst am Meer. Nur Meersalz schmeckt so!« Aber merkwürdigerweise erhielt ich an jenem Tag eine doppelte Portion Vanilleeis.

Mein Bettlerfreund – ein Baum

Der Bettler Ismail war ein merkwürdiger Mann. Winter wie Sommer war er barfuß, und immer, wenn ich als Kind vor der Haustür saß, grüßte er mich freundlich und setzte sich zu mir. So lange ich denken kann, war er alt und hungrig. Ich gab ihm alles, was ich hatte, und er aß aus meiner Hand, so gierig, dass ich manchmal Angst hatte – obwohl er mich freundlich dabei anlachte –, er könnte mir die Hand mit auffressen. Und wenn er satt war, rief er meiner Mutter zu: »Halime, du hast einen gesegneten Sohn. Er wird noch mein verlorenes Glück bekommen.«

Meine Mutter verstand keine Poesie, sie wusste aber, dass er kurz davor wohl alles aufgegessen hatte.

Eines Tages setzte er sich zu mir und aß mir meinen gekochten Maiskolben weg, nicht nur die Maiskörner, sondern den ganzen Kolben mit Stumpf und Stiel. Ich aber starrte seine Füße an. Sie waren nicht besonders schmutzig, vielleicht etwas staubig, aber das war es nicht, was meinen Blick auf sich zog. Seine Füße hatten eine merkwürdige Haut. Die Hornhaut hatte sich durch die Jahre abgeschliffen und erneut ausgebildet, sodass seine Füße nun wie aus Holz waren. Wirklich, wie aus dunklem Holz mit Jahresringen und Astlöchern. Die Zehennägel glichen Knospen am Ende der dürren Zehen, die wie kleine Zweige aussahen.

Er verstand meinen Blick. »Ich werde langsam zu einem Baum, bald bekomme ich Wurzeln und dann muss ich in die Erde.«

»Und welche Früchte trägst du dann?«, fragte ich ihn.

»Bunte Luftballons, Granatäpfel, Oliven, Schafskäse und frisches Brot mit knusprigen Rändern und Honigmelonen.«

Eines Abends blieb er weg. Seine kleine Hütte am Ende der Straße stand einen Monat lang leer. Sie gehörte der katholischen Kirche. Den Bettler vermisste niemand.

Ich aber war mir sicher, dass er nur umgezogen war und irgendwo als Baum weiterlebte.

Der geborene Straßenkehrer

Der Türke Nazmi und seine Frau Hülya sind kinderlos. Der Mann war vor dreißig Jahren nach Deutschland gekommen. Nach mehreren Jahren in der Chemieindustrie und der Autofabrik wurde er Straßenkehrer am Bahnhof. Den ganzen Tag jagte er dort nach Kippen, Schachteln, Stanniolpapier, Dosen, Flaschen, und dreimal am Tag fuhr er in der Halle mit seiner Kehrmaschine herum.

Jeden Freitagabend freute sich Nazmi aufs Neue, den Besen fallenzulassen und so schnell wie möglich nach Hause zu eilen.

Um keinen Preis der Welt wollte er Überstunden machen oder schwarzarbeiten. Angebote von allen möglichen Firmen und Restaurants gab es für den tüchtigen und stets gut gelaunten Mann genug. Er lehnte sie ab.

Seine Frau arbeitete auch, als Putzfrau in einer Tankstelle, und hatte immer freitags frei. An diesem Tag verwandelte sie jedes Mal bis zum Abend das Wohnzimmer in einen Palast der Farben und Düfte. Sie schmückte den Raum und ließ ihre bunten Tücher wirken, die sie die ganze Woche über in einer Holztruhe aufbewahrte. Mitten im Raum legte sie Kissen in einem Halbkreis um einen Samowar und eine Wasserpfeife.

Wenn Nazmi Freitagabend ankam, lachten die zwei verschwörerisch, und ihre Feier konnte beginnen. Nazmi legte eine Kassette mit türkischen Liedern in den Rekorder ein, während seine Frau den Weihrauch abbrannte. Sie duschten sich und zogen bunte, bequeme orientalische Kleider an. Von nun an nannte Nazmi seine Frau »Meine Dame« und sie ihn »Mein Herr«. Sie aßen, rauchten, tranken Tee, zogen im Scherz über Nachbarn und Chefs her und lachten bis in die späte Nacht, dann fielen sie in einen tiefen Schlaf. Jeder Samstag fing in der Morgendämmerung mit einem deftigen Frühstück und Musik an. Der schwarze Tee floss reichlich. Punkt neun Uhr machte Nazmi den Kassettenrekorder aus, und beide lauschten gespannt, bis sie zum ersten Mal einen Besen schaben hörten. Da lachten sie jede Woche aufs Neue Tränen, als wäre dieses harmlose Geräusch der schönste Witz der Welt. Ihr Nachbar, Herr Müller, war das, der Samstag für Samstag die lange Strecke der Straße vor seinem Haus und Garten kehrte. Es dauerte jedes Mal ewig, bis er damit fertig wurde, denn sein Kehren war ein Ritual, das alle paar Minuten unterbrochen wurde. Herr Müller war Mitglied in vier Vereinen des Dorfes und wollte gesehen werden.

»Grüß Gott, Kollega!«, rief Nazmi jeden Samstagmorgen um Viertel nach neun aus dem Fenster seiner Wohnung, den Turban auf dem Kopf. Seine Frau stand neben ihm und lächelte fein hinter dem leichten blauen Schleier, der eher an die erotischen Fantasien der amerikanischen Filme als an Frömmigkeit erinnerte.

Müllers eben noch strahlendes Gesicht verdüsterte sich beim Wort »Kollega«. Man hörte das Schaben nun deutlicher, und aus zwei, drei Autos gerufene, gehupte oder

gewunkene Grüße gingen unbeantwortet verloren, denn Herr Müller wollte für eine Weile keine Pause mehr machen. Nazmi schloss wie jeden Samstag das Fenster und sagte zu seiner Frau: »Das sind doch die geborenen Straßenkehrer, diese Deutschen, und sie warten die ganze Woche sehnsüchtig darauf, freie Zeit zu haben, damit sie endlich ihrer Lieblingsbeschäftigung nachgehen können.«

Hülya schaute wie an jedem Samstag ihren Mann ungläubig an, doch er meinte es ernst.

Nazmi marschierte in seinem orientalischen Aufzug los, der so grell war, dass er unfreiwillig an den Karneval erinnerte. Er ging bis zur Grundstücksgrenze, den Mund vor Bewunderung verzerrt, und nickte dem eifrigen Samstagskehrer zu.

»Sehr gut, Kollega, sehr gut! Ich schon wissen Bescheid. Jeden Tag Bahnhof, acht Stunden. Deutsche viiiel Schmutz werfe. Aman, Aman, Baba. Straßen hier wie Istanbul. Ich fühle Heimat. Und du? Genug zum Kehren?«

Und Müller wurde blasser und schneller. Er kehrte Nazmi den Rücken und wirbelte mit dem Besen so heftig auf dem Boden herum, dass Hülya nach ihrem Mann rief, er solle sich doch aus dem Staub machen.

König der Herrlichkeit

Der Winter 1945 war besonders kalt. Zum ersten Mal seit einem Jahrhundert hatte es in Ulania tagelang geschneit. Die Temperatur sank auf minus fünf Grad, was im Orient einer Katastrophe gleichkommt. Ungeschützte Wasserleitungen platzten, und viele Orangenbäume erfroren.

Unser neuer Pfarrer war streng, puritanisch und vor allem geizig. Eines Tages erwischte er den alten Kirchendiener beim Messweintrinken und zog ihm am Ende des Monats den doppelten Preis für die angebrochene Flasche ab. Und immer, wenn der Kirchendiener den Pfarrer fragte, warum er Geld für zwei Flaschen abgezogen habe, erwiderte der: »Auf diesem Ohr bin ich schwerhörig.« Das nahm der Diener dem Pfarrer übel.

Zu Weihnachten, während der feierlichen Darstellung der Geburt Christi, pflegte der Pfarrer um Mitternacht eine Runde unter den Arkaden zu drehen und dann laut ans Kirchenportal zu klopfen. Der Kirchendiener stand hinter der Tür und sollte fragen: »Wer klopft an die Tür?«

»Hier ist der König der Herrlichkeit, öffnet die Tür!«, war die Antwort; dann sollte die Tür aufgehen und der Pfarrer feierlich einziehen, während der Kirchenchor ein Lied über die Freude der Erde bei der Geburt Christi anstimmte und ihn willkommen hieß.

In der Regel war es zu Weihnachten in Ulania immer etwas regnerisch, aber selten kalt, und unter den Arkaden störte der Regen nicht. Doch wie gesagt, in jenem Winter herrschte eine klirrende Kälte. Der Pfarrer wollte gern auf den Rundgang verzichten, doch der Kirchendiener warnte ihn vor dem Zorn der Gläubigen, die diese herrliche Zeremonie liebten, und gab zu bedenken, dass die Verwandten des Bischofs in ebendieser Kirche beten und sich womöglich bei ihm beschweren würden. Also ging der Pfarrer zur gegebenen Zeit mit zwei Ministranten, die zitternd ihre Weihrauchbehälter schwenkten, schnellen Schrittes um die Kirche. Als er das geschlossene Tor der Kirche erreichte, klopfte er hastig.

»Wer klopft an die Tür?«, rief der Kirchendiener übertrieben laut.

»Der König der Herrlichkeit!«, antwortete der Pfarrer etwas verärgert, weil ihm gerade wieder eine Böe die Kälte in die Knochen trieb.

»Wer? Ich höre nichts! Wer klopft da?«, rief der Kirchendiener, und ein teuflisches Grinsen huschte dabei über sein Gesicht. Einige der Kirchenbesucher grinsten schon.

»Der König der Herrlichkeit! Öffne die Tür!«, brüllte der Pfarrer und warf sich gegen die Tür, doch der Kirchendiener hatte sie mit einem Balken verriegelt.

»Warum hast du Geld für zwei Flaschen abgezogen? Wer klopft da? Auf diesem Ohr höre ich schlecht.«

Die Geschichte mit dem Wein hatte schon lange die Runde gemacht, und die meisten Gläubigen konnten sich vor Lachen kaum noch auf den Beinen halten.

»Mach endlich auf. Du kriegst dein verdammtes Geld«, flüsterte der Pfarrer.

»Wunderbar!«, erwiderte der Kirchendiener und öffnete die Tür.

Da stürmte der Pfarrer in die Kirche und krallte sich am Kragen des Kirchendieners fest. »Verfluchter Hurensohn, bist du schwerhörig? Der König der Herrlichkeit! Herrrrrlichkeit!«

Er warf den Kirchendiener auf eine der Sitzbänke und stürmte zum Altar. Auch der Chor konnte sich jetzt kaum noch beruhigen. Der Chorleiter schimpfte laut, und als der Pfarrer mit roter Nase und aus heiserer Kehle »O Jesu Christi, König der Herrlichkeit, sei willkommen!« schrie, erhob sich ein Gelächter, dass er vor Zorn endgültig explodierte. »Ihr Schweine, wir feiern hier die Geburt Jesu Christi, eures Retters!«, rief er, aber die Leute lachten. Selbst meine Tante Jasmin, die so fromm war, dass sie jeden Tag in der Kirche betete und sich ihr Leben lang vorm Jüngsten Gericht fürchtete, lachte Tränen.

Der Pfarrer bat noch vor Neujahr um seine Versetzung, und so konnte sich der Kirchendiener wieder ohne Gehaltsabzüge an den guten Messwein halten.

Meine Oma im Kaffeehaus

Eines Tages erzählte meine Schwester Sahar aufgeregt beim Mittagessen, dass sie Großmutter im Kaffeehaus gesehen habe, wie sie eine Wasserpfeife rauchte. Mein Vater ohrfeigte sie für diese Lüge, denn noch nie zuvor hatte eine arabische Frau gewagt, sich in ein Kaffeehaus zu setzen. Sahar weinte wegen der ungerechten Strafe, und meine Mutter tröstete sie. Ich sah meinen Vater an, und zum ersten Mal in meinem Leben tat er mir leid. Er sah sehr alt aus, älter als sein eigener Vater. »Vater«, sagte ich, »Sahar lügt nicht, Oma hat mir gestern selbst gesagt, dass sie jeden Nachmittag ins Kaffeehaus beim Brunnen geht und Wasserpfeife raucht.«

Statt vernünftig zu werden, wollte mein Vater auch mich schlagen, doch ich wich seiner Ohrfeige aus, und er traf mit voller Wucht den großen Radioapparat hinter mir. Ich floh in den Hof und hörte ihn laut jammern. Plötzlich erklang eine helle Fahrradglocke, und ich traute meinen Augen nicht. Schwungvoll und elegant fuhr meine Großmutter in den Hof. Sie trug eine wunderschöne weiße Hose und ein weißes Hemd, einen großen roten Hut und Sportschuhe. Sie war ohnehin ziemlich schlank, doch in diesen sommerlichen Kleidern wirkte sie wie eine Athletin. Die Nachbarn grüßten sie staunend, und kein Einziger lachte oder stichelte. Sie fuhr in einem Bogen bis zur Wand und stieg voller Elan ab.

»Na, Junge, wie geht es dir?«, grüßte sie mich. Auf dem Weg in den zweiten Stock erzählte ich ihr schnell, was vorgefallen war, und sie lachte. »Nicht doch! Das fehlte noch, dass mein eigener Sohn mir verbietet, ins Café zu gehen. Die Leute dort sind harmloser als Jesuitenbrüder.«

Sie stritten fürchterlich. Mein Vater wurde ausfallend. Ihm fiel zwar nichts Vernünftiges ein, aber er schimpfte wie ein Rohrspatz. Ich schämte mich für ihn vor den Nachbarn, als er seine Mutter herrisch nach Hause schickte. Es kam einem Rausschmiss gleich.

»Du wirst es noch erleben, mein Junge, eines Tages werden genauso viele Frauen wie Männer in den Cafés sitzen, ihren Tee trinken und ihre Wasserpfeife rauchen. Wart nur ab«, sagte sie und fuhr davon.

»Zuerst wollte mich der Bursche im Kaffeehaus nicht bedienen. Ich sagte mir, jetzt besteht der Mut nicht darin, Krach zu schlagen, sondern in Geduld und Ausharren. Ich winkte ihm so lange, bis er zu mir kam, bestellte einen Tee und gab ihm anschließend so viel Trinkgeld, dass er mir bald schon entgegengerannt kam, wenn ich das Kaffeehaus nur betreten hatte. Manchmal wollte ich nicht ins Café, und wenn er mich vorbeigehen sah, rief er mir zu: ›Geben Sie mir die Ehre, gnädige Frau, heute bin ich dran, Sie zum Kaffee einzuladen.‹ Ich lächelte und machte kehrt, gab ihm aber doppelt so viel Trinkgeld wie an anderen Tagen«, erzählte die Oma mir nach ein paar Tagen von ihrem Abenteuer im Kaffeehaus.

Jahrelang kam sie uns nicht mehr besuchen, weil mein Vater das nicht wünschte, aber wir besuchten seine Mutter heimlich und lachten gemeinsam mit ihr über die Engstirnigkeit meines Vaters.

Großmutter starb friedlich in ihrem Bett, und die Nachbarn des Viertels weinten hinter ihrem Sarg. Das Kaffeehaus blieb ihr zu Ehren an jenem Tag geschlossen.

Die Geburt –
eine Weihnachtsgeschichte

Es war oder es war nicht eine Frau namens Mariam Aladra. Sie studierte in Mainz Philosophie und Geschichte und hoffte, nach dem baldigen Abschluss des Studiums in ihre Stadt Bir Sait im Westjordanland zurückkehren und dort Geschichte unterrichten zu können, denn nichts wird in Arabien so geliebt und missverstanden wie Geschichte – aber das ist eine andere Geschichte.

Mariams Stipendium war knapp bemessen, doch sie konnte etwas Geld sparen, das sie Monat für Monat ihrem daheim gebliebenen Mann überwies, denn mit dem ersparten Geld ließ sich eine kleine Werkstatt in Bir Sait einrichten. Und jedes Jahr im März fuhr Mariam nach Hause, um ihre Sehnsucht nach ihrem Mann, ihren Eltern und Freunden zu stillen, und sei es auch nur für ein paar Wochen. Und Mariam fand den Frühling in Bir Sait am schönsten.

Das ging Jahr für Jahr so, aber im letzten Jahr vor dem Examen merkte sie kurz nach ihrer Ankunft in Deutschland, dass sie schwanger war. Sie rief ihren Mann an und teilte ihm das mit. Er weinte vor Freude am Telefon und bat sie, nichts mehr zu sparen und lieber sich selbst zu verwöhnen. Von nun an schrieb er jede Woche zwei Briefe, einen an seine Frau und einen an seinen Cousin Jusuf Alnadschar, der schon seit einer Ewigkeit in Kaiserslautern studierte. Er beschwor ihn bei der Seele seines verstorbenen Vaters, gut auf Mariam aufzupassen. Mariam empfand große Freude über den neu belebten Kontakt zu dem schmächtigen und redseligen Cousin, der zudem ein exzellenter Koch und Geschichtenerzähler war. Es verging keine Woche, ohne dass sie sich trafen. Anfang Januar dieses Jahres – es war zwar ein eiskalter Tag, aber Mariam fühlte sich so wohl, dass sie beschloss, Jusuf zu besuchen – wollte sie sich verwöhnen lassen und Claire, Jusufs neue Liebe, kennenlernen, von der er seit zwei Wochen schwärmte.

Es wurde ein geselliger Abend. Die beiden Frischverliebten hatten in der kleinen Küche wahre Wunderwerke für Mariam gezaubert. Und Jusuf hatte nicht übertrieben, Claire war ein herzerfrischender Mensch. Mariam lachte viel. Aber plötzlich spürte sie beim Lachen einen stechenden und ziehenden Schmerz im Unterleib.

Es war zwar ihre erste Schwangerschaft, doch irgendetwas in ihr sagte mit sicherer Stimme: »Es ist so weit!« Die Wehen kamen schnell und heftig. Jusuf, besorgt um die Gesundheit seiner ihm anvertrauten Verwandten, bot Mariam an, sie nach Mainz in die Klinik zu fahren und bei ihr zu bleiben. Er trippelte herum wie ein aufgeregtes Küken. Deshalb sagte seine Freundin leise, aber mit Bestimmtheit zu ihm: »Lass mich ans Steuer, du bist viel zu nervös!« Sie fuhren über die Landstraße. Es war kurz nach neun und die Nacht eisig klar. Rauhreif glitzerte auf der Straße, als wollte er die Sterne des Himmels spiegeln. Mariam schämte sich, den Cousin so durcheinandergebracht zu haben, dass er trotz der Kälte ohne Jacke ins Auto gesprungen war. Kreidebleich schaute er sie an und fragte auf Deutsch: »Wie geht's?« Mariam musste trotz ihrer Schmerzen schallend lachen, weil Jusuf hörbar mit den Zähnen klapperte. Sie wollte ihn beruhigen, doch sie brachte kein Wort über die Lippen. Sie lachte nur und lachte und fühlte plötzlich, dass die Geburt ihres Kindes nun nicht mehr hinausgezögert werden konnte.

»Halt an. Es kommt«, sagte Mariam und empfand merkwürdigerweise keine Schmerzen mehr, sondern fühlte sich wie im Rausch. Alles war fern und still. Claire fuhr an den Straßenrand und brachte das Auto unter einer Brücke zum Stehen.

»Lass die Warnblinkanlage an«, riet Jusuf leise und half Mariam aus ihrem dicken Mantel. Als er eine Decke aus dem Kofferraum holen wollte, stieß er sich dabei vor lauter Aufregung so heftig den Kopf an der Heckklappe, dass er an der Stirn blutete.

Mariam fing an zu pressen. Jusuf rannte los, um Hilfe zu holen. Er wusste nicht wohin, kam aber bald zu einem Haus nahe der Brücke, in dem einige Lichter brannten. Er drückte auf alle Klingeln. Mehrere Männer und Frauen schauten zum Fenster heraus.

Ängstlich und misstrauisch zugleich musterten sie den blutenden Araber. »Was is 'n los, Mann?«, fragte ein Afrikaner auf Englisch, und Jusuf war zum ersten Mal im Leben seinem Englischlehrer dankbar. »Die Frau meines Cousins bekommt gerade unter der Brücke ein Kind. Bitte helft uns!« Dann zeigte er auf seine Wunde und erklärte verlegen lächelnd: »Ich hab mich vor Aufregung am Kopf verletzt. Bitte helft uns. Wir brauchen warmes Wasser, Tücher und Decken.« Und er hüpfte beim Reden vor Aufregung und Kälte von einem Fuß auf den anderen. Eine Afrikanerin, eine Vietnamesin und eine blonde Russin stürzten aus dem Haus, gefolgt von ihren Männern und Kindern. Jusuf machte kehrt, und sie alle eilten ihm nach. Schon nach wenigen Schritten konnten sie vom Hang aus Mariam und Claire neben dem Auto sehen.

Und während die Frauen den Hang mit Jusuf hinunterliefen, rannten die Männer ins Haus zurück, um Decken und warme Kleider zu besorgen. Ein Vietnamese schleppte in einer Holzkiste die ganzen ärmlichen Reserven aus der Küche an: Joghurt, Thymian, Salz, Brot und Butter. Gleich darauf kam ein Perser mit einer großen Kanne Tee und alle standen um ein kleines Feuer, das Jusuf inzwischen unter der Brücke entfacht hatte. Die Kinder sammelten noch mehr Holz und warfen es fröhlich in die Flammen. Und dann hörten sie alle plötzlich den ersten Schrei, mit dem jedes neugeborene Kind einen Stern in den Himmel ruft.

Ein Landstreicher im alten Fellmantel torkelte herbei und hob seine Weinflasche: »Zum Wohl!«, rief er und wäre dabei fast über seinen großen schwarzen Hund gestolpert. Er erkundigte sich nach dem Grund der Versammlung, und als er das Baby sah, fing er an zu weinen und eine nicht enden wollende Geschichte von seinem Sohn zu erzählen, den ihm der Staat weggenommen habe.

Plötzlich näherte sich ein Streifenwagen der Polizei und hielt in einiger Entfernung. Zwei Männer in Uniform stiegen aus und kamen langsam näher.

»Was ist hier los?«, fragte der Ältere.

»Eine Geburt«, antwortete Jusuf.

»Eine Geburtstagsparty. Fast wie Weihnachten!«, bekräftigte der Penner und nahm einen kräftigen Schluck.

»Und wer hat das Feuer gemacht?«, fragte der andere.

»Der Vater«, antwortete Mariam in Decken gehüllt aus dem Innern des Wagens.

»Sind Sie der Vater?«, fragte der jüngere Polizist Jusuf höflich.

»Nein, nein. Der Vater ist mein Cousin. Er heißt Ruh Elkudus. Er hat das Feuer angezündet und sich dann wie ein Geist in Luft aufgelöst.«

Der ältere Polizist lachte und schüttelte den Kopf. Er beugte sich zu Mariam und dem Kind durch das Autofenster und sagte:

»Ich rufe sofort einen Ambulanzwagen. Die Klinik ist nicht weit. Alles Gute!« Er drehte sich um und hielt inne beim Anblick der Ausländer, die ihre Hände am Feuer wärmten.

»Und das sind die Königinnen und Könige aus dem Morgenland«, rief Jusuf, und seine Aufregung legte sich bei zunehmender Wärme und der Gewissheit über den guten Gesundheitszustand von Mariam und ihrem Sohn.

»Aber in der Bibel waren es doch nur drei Könige!«, wandte der ältere Polizist ein und lachte.

»Oh, es waren bestimmt mehr als drei, und warum die Königinnen nicht genannt wurden, ist eine andere Geschichte«, sagte die Russin. Alle lachten, selbst die anderen Ausländer und der junge Polizist stimmten in das Lachen ein, obwohl sie den Witz nicht verstanden.

Der Kastanienbaum

Vor meinem Fenster steht ein alter Kastanienbaum. Er ist bestimmt über hundert Jahre alt. Das merkt man aber nur im Winter, wenn er mächtig und nackt dasteht. Im Frühjahr bekommt er solch zarte Blüten und Blätter, als wäre das sein erstes Jahr auf der Erde. So sind Bäume, sie altern im Stamm, aber im Herzen bleiben sie Kinder.

Manchmal schaue ich im Winter auf das Thermometer vor meinem Fenster und denke, der Kastanienbaum ist bestimmt erfroren, doch sobald die wärmende Frühlingssonne ihn wieder kitzelt, tauchen im Mai die ersten Blüten auf, und etwas später die Blätter.

Und bald trägt er seine stacheligen Kugeln, in denen die glatten braunen Kastanien liegen, die so verführerisch aussehen, dass viele Kinder sie sammeln und für Maronen halten, doch zu Hause erfahren sie zu ihrer Enttäuschung, dass sie sich geirrt haben, und sie müssen die Kastanien wieder wegwerfen, doch irgendwo gibt es immer wieder ein Kind, das die Kastanien nicht wegwirft, sondern im Garten eingräbt, und bald vergisst das Kind seine Kastanien, doch die Kastanien vergessen nicht zu wachsen, und irgendwann erscheint ein kleiner Kastanienbaum.

Dieser Kastanienbaum vor meinem Fenster hat Enkel und Urenkel, mit denen er in Verbindung steht. Der Wind, die Bienen und andere Insekten helfen ihm, Kontakt zu seinen Verwandten und Freunden aufzunehmen, und er weiß ganz genau, wo sie leben. Er ist nämlich der älteste Kastanienbaum der Stadt. Doch so alt er auch ist, er spielt gerne wie ein Kind. Manchmal bekommt er Lust auf Papierdrachen, die im Herbst immer höher in den blauen Himmel fliegen, und eines Morgens sehe ich, wie der Baum einen dieser bunten Papierdrachen festhält.

Es muss eine Ewigkeit her sein, dass der Kastanienbaum einen Ball gesehen hat, denn unsere Straße war lange Jahre eine Autostraße. Kein Kind wagte es, da zu spielen. Erst vor einem Jahr hat man die Autos umgeleitet, und unsere Straße wurde zur Spielstraße erklärt. Seitdem fahren die Kinder dort wieder gerne Fahrrad, spielen auf der Straße mit Kreiseln und Murmeln, vor allem aber mit schönen bunten Bällen.

Eines Tages spielten drei Jungen mit einem Ball unter meinem Fenster. Sie lachten laut und vergnügt. Ich schaute ihnen zu, und der Baum schaute weg, als interessierte er sich überhaupt nicht für das Spiel. Plötzlich schoss einer der Jungen den Ball weit nach oben, und blitzschnell streckte der Baum seine Zweige aus, und der Ball konnte nichts anders. Er blieb in den hohen Zweigen hängen. Die drei Jungen standen ratlos vor dem mächtigen Baum. Einer von ihnen suchte eine Weile und kam dann mit einem Stein zurück. Er zielte auf den Ball, doch er traf daneben.

»Fast!«, tröstete ihn der rothaarige Junge. Der Stein fiel unweit von ihnen wieder zu Boden, und diesmal warf er den Stein hoch hinauf. Wahrscheinlich wurde es dem Baum zu dumm, deshalb ließ er den Stein verschwinden. Die Kinder schauten sich verwundert an.

»Macht nichts«, sagte der rothaarige Junge, dem der Ball gehörte, »morgen finden wir den Ball hier unten«, und seiner Sache sicher ging er nach Hause. Die zwei anderen Jungen schauten ihn, dann den Baum an und zuckten mit den Schultern. »Es ist ja auch sein Ball«, sagte einer von ihnen zum anderen, und sie gingen nach Haus, als die Sonne gerade hinter den Dächern verschwand.

Ich las in jener warmen Sommernacht an meinem Fenster sitzend in einem Buch. Der Kastanienbaum, das hörte ich immer wieder, schlug mit seinen Zweigen auf den Ball, wahrscheinlich warf er ihn sogar von Zweig zu Zweig. Plötzlich hörte ich »Poch! Poch! Poch!« und schaute hinunter, und da sah ich den Ball erst ein Stück hüpfen und dann bis zur Straßenlaterne rollen. Wo er liegen blieb.

Der Baum, der bis dahin die ganze Zeit mit den Blättern gerauscht hatte, wurde still. Und zum ersten Mal glaubte ich meiner Großmutter, die mir einst erzählt hatte, dass Bäume in der Nacht schlafen.

Das Herz war es

Die Vernunft wunderte sich über das Verhalten ihres Gastgebers, der sich zu verwandeln schien. Er wurde sanft, großzügig und hoffnungsvoll. Bald erkannte sie, dass er verliebt war, und wollte wissen, wen sie dafür belohnen sollte.

Das Hirn meldete sich eilig: »Ich war es, Madame. Ich gab den Befehl, Phenylethylamin auszuschütten, Sie wissen, die Chemikalie der Liebe. Dadurch verliebt sich sogar eine Mauer.«

»Nein, wir waren es«, riefen die Augen, »nur durch uns konnte er seine Angebetete in den schönsten Farben sehen.«

»Angeber! Wenn ihr es wärt, hätten sich Blinde nie verliebt«, riefen die Ohren im Chor, »erst die süße Stimme machte ihn hilflos.«

»Gemach, gemach, ohne mich läuft nichts!«, rief die Nase. Die anderen lachten.

»Und wir?«, protestierten die Hände. »Wer hat die Geliebte berührt?«

»Aber nein!«, riefen die Beine ärgerlich. »Ihr fragt nicht, wer ihn zu ihr brachte.«

Die Vernunft schaute um sich. »Und du, was hast du gemacht?«, fragte sie das Herz.

»Ich?«, erschrak das Herz und errötete. »Ich habe nichts gemacht, ich war durcheinander«, sagte es leise.

Die Vernunft lächelte.

Traumhaft

Ich fahre viel mit der Bahn, und das seit Jahren. Sie ist in der letzten Dekade immer bequemer, schneller und – seit der Einführung der Bonuspunkte – humaner geworden.

Ab fünf Minuten Verspätung bekommen die Passagiere kleine silberne Marken. Bei 100 Punkten dürfen sie 500 Kilometer kostenlos fahren. Die Punkte aber verfallen nach drei Monaten.

Ich hatte eifrig gesammelt und mit Mühe 99 Punkte erreicht. Die Bahn ist pünktlich geworden. Ein Bekannter gab mir den Tipp, ich solle eine Fahrt über Frankfurt buchen. Dort hätten die Züge öfter Verspätung.

Es war der letzte Tag vor Ablauf der Frist.

Also stand ich in Frankfurt. Mein Zug sollte aus Würzburg kommen. Drei Baustellen versprachen Gutes.

Ich fieberte einer Verspätung entgegen, schaute gespannt in die Richtung, aus der der Zug kommen sollte. Keine Spur. Der Minutenzeiger schien ein Verwandter der Schnecken zu sein. Eine Minute Verspätung. Zwei. Und dann …

Der Zug erschien rot wie das Tuch eines Toreros, und ich schnaubte wie ein Stier. Drei Monate lang hatte ich umsonst gesammelt.

»… in Frankfurt an«, hörte ich gerade noch, als ich aufwachte. Ich packte meine sieben Sachen und stieg aus.

Das Eisschiff

Mein Großvater log nie. »Schau mich an«, sagte er, »habe ich es nötig zu lügen?«

Ich schaute ihn an. Großvater war ein Berg, groß, mächtig und oben weiß. Seine Brust war voller Haare, Tattoos und Narben. »Hinter jedem Tattoo verbirgt sich ein Abenteuer, und in jeder Narbe steckt eine ganze Geschichte«, sagte er und lachte so laut, dass die Gläser im Küchenregal vibrierten und so einen Klang von sich gaben, als lachten sie mit ihm.

Großvater war Kapitän zur See und erlebte viel. Er steuerte ein seltsames großes Schiff namens Sphinx.

Das Schiff sah von außen ganz normal aus, wie jedes andere Handelsschiff auch. Es war etwas alt, aber sehr schnell. Doch merkwürdig war der Schiffsbauch. Neben der Kapitänskajüte, dem bescheidenen Schlafraum für die zehn Seeleute, der kleinen Kombüse und den Vorratskammern befand sich dort nur noch ein einziger großer Raum mit doppelter Wand. In diesem Raum wurden weder Gold noch Gewürze transportiert. Großvater transportierte Eis, und dies dreißig, vierzig Jahre lang.

Nun werden viele sagen: »Eis? Warum ausgerechnet Eis? Haben die Leute keine Kühlschränke? Oder ist das wieder Seemannsgarn?«

Nein, nein. Damals hatten die Leute weder Strom noch Kühlschränke.

Im Orient ist es bekanntlich sehr heiß. Und Eis war sehr begehrt, vor allem dort, wo es nie schneite, und das war in Ägypten der Fall. Deshalb haben die Leute in den hohen Bergen des Libanon, wo es mindestens drei Monate lang Schnee gab, schlau wie sie sind, den Schnee zu Eisblöcken gepresst und das Eis zum Hafen gebracht, wo mein Großvater es mit seinem Schiff über das Meer nach Ägypten brachte. Das Eis lag gut isoliert im Schiffsbauch, aber trotzdem schmolz ein wenig davon weg. Immerhin konnte Großvater pro Schiffsfahrt drei Viertel seiner Ladung, und das waren 150 Tonnen Eis, heil im ägyptischen Alexandria löschen.

Die Leute zahlten viel Geld für jedes Stückchen Eis. Es war für sie wie ein Wunder, gefrorenes Wasser zu sehen. Auch war es für die Ägypter sehr genussvoll, in der Hitze ein kühles Getränk zu sich zu nehmen. Und auch Fleisch und vor allem Fisch blieben nun länger kühl und frisch.

Großvater konnte gar nicht schnell genug mit dem Schiff sein, denn innerhalb weniger Tage war die ganze Ladung ausverkauft. Die Ägypter liebten ihn und nannten ihn: die Eissphinx.

Eines Tages fuhr Großvater wieder seine Route, als plötzlich ein Piratenschiff aufkreuzte. Damals waren die Seeräuber im Mittelmeer sehr gefürchtet. Sie kannten bei Widerstand keine Gnade.

Die Matrosen liefen zu Großvater und stotterten blass: »Piraten! Piraten!«

Sie hatten Angst, weil sie unbewaffnet waren.

Großvater lachte.

»Endlich eine Abwechslung«, sagte er. Und er lachte auch, als die Piraten ohne jeden Widerstand das Eisschiff enterten und deren Anführer mit gezücktem Säbel in der rechten und einer Pistole in der linken Hand ausrief: »Überfall, alle Schätze, Goldkisten, Juwelen, Schmuck und Silbermünzen herausrücken, wenn euch euer Leben lieb ist!«

»Beruhige dich, Junge«, rief ihm Großvater entgegen, »und komm zu mir.«

Und er erklärte dem erstaunten jungen Piraten, dass es im Schiff weder Juwelen noch Gold noch Silber gab.

»Was habt ihr denn sonst an Bord?«, fragte dieser etwas enttäuscht, aber immer noch hoffend, dass es noch irgendetwas zu rauben gäbe.

»Eis, eine große Menge Eis«, sagte Großvater.

»Was? Eis? Was für Eis? Willst du mich verarschen?«, fragte der Pirat wütend und fuchtelte mit der Pistole unter Großvaters Nase herum.

»Nein, erfrischen«, sagte Großvater, ging zu einem Schiebedach, das den ganzen Laderaum abdeckte und schob es etwas zur Seite. Der Pirat bekam große Augen, denn der ganze Schiffsbauch war voll von dieser weißen Masse, die er noch nie gesehen hatte. Kühle strömte ihm entgegen. Das war das erste Mal in seinem Leben, dass der Pirat Eis aus der Nähe sah. Er war eine Weile sprachlos.

»Und was macht man damit?«, fragte er dann, als Großvater das Dach wieder schloss.

»Kühle Getränke«, erwiderte dieser und ließ seine Männer dem Piraten und seiner Mannschaft mit Eis gekühlte Limonade servieren.

Begeistert trank der Pirat sein Glas aus und biss auf die kleinen Eisstücke, die noch nicht geschmolzen waren.

»Herrlich«, rief er und bat um ein zweites Glas. »Das muss ich meiner Frau und meinen Kindern mitbringen«, sagte er dann.

»Ich auch! Ich auch!«, riefen alle Piraten.

»Ist schon gut«, sagte Großvater und gab seinen Männern den Befehl, den Piraten ein paar große Eisblöcke zu schenken. Und er zeigte den Seeräubern, wie sie das Eis aufbewahren konnten, damit es ein paar Tage hielt.

Die Pirateninsel war nicht weit von Großvaters Seeroute entfernt. Die Piraten verabschiedeten sich und lösten die Bindung zu dem Eisschiff, an dem ihr kleines Piratenschiff die ganze Zeit wie Efeu hing.

Während beide Mannschaften damit beschäftigt waren, Eisblöcke in das Piratenschiff hinüberzuschaffen, tätowierte der Pirat aus Dankbarkeit und mit ruhiger Hand auf Großvaters Brust ein Bild von sich selbst, lachend mit einem Eisblock in der rechten Hand. Er soll aber dabei so viel gelacht haben, dass ihm die Tränen in die Augen schossen, und diese Tränen mischten sich mit der blauen Tinte, mit der er das Tattoo in die Haut stach, sodass sein Lachen im Tattoo konserviert wurde. Nicht selten hörte ihn der Großvater, wenn es sehr still wurde.

Großvater erzählte diese Geschichte oft und besonders gerne. Wenn jemand aber daran zweifelte und meinte, der alte Mann flunkere ein bisschen, so bat er denjenigen, sein Ohr genau auf das Bild des Piraten zu legen, und wirklich: Man konnte den Piraten lachen hören.

Der Tintenklecks

Elias konnte bereits mit fünf lesen, und mit zehn Jahren hatte er eine schönere Handschrift als jeder Erwachsene. Nur wenige konnten damals in Damaskus lesen und schreiben. So suchte man ihn auf, und er schrieb Anträge, Bittgesuche und Briefe, erst für Dankesworte und bald gegen Geld. Man brachte ihm auch alte, verfallene Bücher und bat ihn, sie zu kopieren. Er saß Stunde um Stunde, gebeugt über eine Seite. Man konnte ihn hinter dem Berg von Blättern und Büchern kaum noch sehen.

Und so gut er schreiben konnte, so wenig interessierte er sich für Dusche und Küche. Eine alte Witwe kümmerte sich um ihn. Er wurde immer dürrer – und schwärzer durch die Tinte, die er massenhaft verbrauchte und auch selbst aus Ruß und Harz kochte. Sein Gesicht, seine Finger, Hände und Kleider wurden dunkel wie die Nacht. Er ging nicht gerne auf die Straße.

Nicht selten riefen ungezogene Kinder ihm »Tintensäufer« nach.

Und dann geschah das Wundersame: Mit vierzig begann Elias einzuschrumpfen. Er half sich erst mit Kissen, damit er weiterhin am Tisch schreiben konnte. Bald, das erzählte die Witwe, war er ein schwarzer Zwerg, der auf den Blättern stehend schrieb.

Eines Tages kam die Witwe in seine Schreibstube, und sie erschrak sich fast zu Tode. Er war nur noch eine faustgroße schwarze Kugel, die über die Seiten rollte und Wörter hinterließ. Doch auch die schwarze Kugel schrumpfte von Tag zu Tag.

Als das Essen zwei Tage unangetastet blieb, machte sich die Witwe Sorgen, bis sie das letzte Wort las, das Elias geschrieben hatte: Paradies. Der i-Punkt war etwas zu groß geraten, sah wie ein Klecks aus. Sie lächelte. Sie wusste nun, wohin er geflüchtet war.

Rafik Schami

Rafik Schami, 1946 in Damaskus geboren, lebt seit 1971 in Deutschland. Er studierte Chemie und promovierte 1979 in diesem Fach. Seit 1982 arbeitet er als freier Schriftsteller und zählt heute zu den erfolgreichsten Autoren deutscher Sprache. Für sein Werk, das in 27 Sprachen erschienen ist, hat Rafik Schami zahlreiche Auszeichnungen und Preise erhalten, zuletzt u. a. die IPPY-Goldmedaille 2010 für *Die dunkle Seite der Liebe*, den Georg-Glaser-Preis für Literatur und den Preis gegen das Vergessen und für Demokratie 2011.

Root Leeb

Root Leeb, 1955 in Würzburg geboren, studierte Germanistik, Philosophie und Sozialpädagogik. Sie arbeitete zwei Jahre als Deutschlehrerin für Ausländer, danach sechs Jahre als Straßenbahnfahrerin in München. Heute lebt sie als Autorin, Malerin und Zeichnerin in der Nähe von Mainz. Bei *ars vivendi* erschien 2001 *Mittwoch Frauensauna*, 2003 folgte *Tramfrau. Aufzeichnungen und Abenteuer der Straßenbahnfahrerin Roberta Laub* und 2012 ihr Roman *Hero. Impressionen einer Familie*.

Illustrationen: © Root Leeb

Erzählungen: © Rafik Schami
außer bei den folgenden, für dieses Buch überarbeiteten Geschichten: »Wie das Echo auf die Erde kam«, in: Rafik Schami, *Erzähler der Nacht*, © 1989 Beltz Verlag, Weinheim und Basel; »Das Scheu«, »Vom langsamen Sadik und vom schnellen Ruf«, »Der Mensch«, »Das Tunk«, »Starke Nerven«, »Die heilige Maria sagt nie nein«, »Paradies oder Lachen, das ist die Frage«, »Meine Oma im Kaffeehaus«, in: Rafik Schami, *Der ehrliche Lügner*, © 1992 Beltz Verlag, Weinheim und Basel; »Der Handel«, »Chor«, »Vom Überlisten«, in: Rafik Schami, *Eine Hand voll Sterne*, © 1987 Beltz Verlag, Weinheim und Basel; »Der fliegende Baum«, »Und die Grille singt wieder«, in: Rafik Schami, *Der fliegende Baum*, © 1997 Carl Hanser Verlag, München und Wien; »Neutrum«, »Andere Sitten«, »Preisempfehlung«, »Herbststimmung«, »Loblied«, in: Rafik Schami, *Gesammelte Olivenkerne*, © 1997 Carl Hanser Verlag, München und Wien; »Vaters Radio«, »Der Wald und das Streichholz«, »Als Gott noch Großmutter war«, in: Rafik Schami, *Der Fliegenmelker*, © 1997 Carl Hanser Verlag, München und Wien; »Die zweite Abnabelung«, »König der Herrlichkeit«, »Schlange stehen«, in: Rafik Schami, *Reise zwischen Nacht und Morgen*, © 1995 Carl Hanser Verlag, München und Wien; »Der einäugige Esel«, in: Rafik Schami, *Märchen aus Malula*, © 1997 Carl Hanser Verlag, München und Wien.

Layout: Armin Stingl, Fürth
Lithographie: Reprostudio Schmidt, Nürnberg
Druck: fgb, Freibrug
Printed in Germany

Jubiläumsausgabe: 4., neue und erweiterte Auflage
© 2013 by ars vivendi verlag GmbH & Co. KG,
Cadolzburg · www.arsvivendi.com
Alle Rechte vorbehalten
ISBN 978-3-86913-269-3